Margarete van Marvik
Albtraum

Margarete van Marvik

Albtraum

Bibliografische Information der Deutschen
Nationalbibliothek:
Die Deutsche Nationalbibliothek verzeichnet
diese Publikation in der Deutschen
Nationalbibliografie; detaillierte bibliografische
Daten sind im Internet über http://dnb.ddb.de
abrufbar.

margarete@van-marvik.de
www.van-marvik.de

Herstellung und Verlag:

BoD- Books on Demand, Norderstedt

ISBN 9783752806977

Danken möchte ich Marianne Tittel und Wolfgang Metz, die das Manuskript kritisch und wunderbar konstruktiv testgelesen haben.

Albtraum

Du hattest deinen Spaß und ich wurde geboren,
dafür sollst du für ewig in der Hölle schmoren.

Deine Seele hast du schon verloren,
mit dem Tag, an dem ich wurde geboren.

Dunkle Mächte dich ständig umgeben,
du kannst ohne Hass einfach nicht leben.

Schatten der Dunkelheit sind deine Begleiter,
Tagsüber sind sie für dich der Blitzableiter.

Deine schwarze Seele wird dich begleiten
und mit dir in der Hölle verweilen.

Brennen sollst du all die Tage,
ich werde zusehen und mich daran laben.

Franziska rennt um ihr Leben. Sie rennt und stolpert, schaut nicht zurück. Die Lunge brennt wie Feuer; sie glaubt, dass ihre Beine jeden Moment versagen werden.

Panische Angst, im Erdreich zu versinken und von Wurzeln umschlungen zu werden, macht sich breit. Tränen der Wut und des Ekels laufen ihr über das Gesicht. Sie will nur noch fort, weit, weit fort.

Was bisher geschah

Franziska kommt nach vielen Tagen des Trampens in der Unterkunft für Wohnungslose in Bruchsal an. Sie ist so froh, dass sie für einige Nächte einen Schlafplatz gefunden hat.

Es ist zwar nicht das, wovon sie träumt, aber immer noch besser, als wieder unter Brücken oder in irgendwelchen Ecken von Rohbauten zu schlafen.

Sie betrachtet resigniert den großen Schlafraum und Aufenthaltsraum, der mit bunter hässlicher Tapete beklebt ist. Düster und trostlos fühlt sich der Raum für Franziska an. Seitlich stehen rechts und links Stockbetten; darauf liegt jeweils eine einfache graue Wolldecke.

Dies alles hebt nicht unbedingt ihre finstere Stimmung, in der sie sich befindet. Die Flure zu den einzelnen Räumen, wie Küche und Versorgungsraum, vermitteln Kälte und Unbehagen. Die Unterkunft ist einfach nur öde und kaum ein Fleckchen persönlicher Intimität ist vorhanden.

Franziska schüttelt sich innerlich und ihr Brustkorb zieht sich zusammen. Hier in diesen Räumen ist nicht erkennbar, ob draußen freundliches und sonniges Wetter ist. Sie tröstet sich damit, wenigstens für einige Tage eine warme Mahlzeit und ein Dach über dem Kopf zu haben.

An diesem Abend im September 1975 betritt sie als Erste den Saal und hofft, ein einigermaßen bequemes Bett zu ergattern.

Bevor sie in den Waschraum geht, nimmt sie die Decke vom Bett und zerknüllt sie. So signalisiert Franziska den anderen, dass dieses Bett bereits belegt ist. Das Gesetz der Straße kennt sie aus der Vergangenheit. So hat sie die Möglichkeit, sich vorher in Ruhe und ohne Zuschauer in den Waschräumen den Schmutz der Straße abzuwaschen. Zügig geht sie in den Waschraum für Frauen und ist überglücklich, eine Dusche darin zu finden. Damit hat sie wahrhaftig nicht gerechnet. Freudig springt sie unter die Brause und wäscht ihre langen dunkelbraunen Haare gründlich.

Heute ist alles perfekt! , denkt sie und wischt mit dem Handtuch über den beschlagenen Spiegel. Sie betrachtet ihr Gesicht mit den großen rehbraunen Augen, die von dichten Wimpern umrandet sind. Franziska steht auf Zehenspitzen, denn für sie ist der Spiegel sehr weit oben angebracht. Sie lächelt in sich hinein, als sie sich fragt, von wem sie wohl ihre vollen anziehenden Lippen und die gerade Nase geerbt hat. Laut seufzt sie auf und grübelt weiter, während sie im Spiegel ihre langen Haare mit dem Handtuch trocken zu rubbeln versucht.

Das Grübchen an meinem Kinn hasse ich; das habe ich bestimmt von meiner Mutter geerbt, denkt sie. »Hm, und nun?«, murmelt sie laut vor sich hin. »Jetzt bin ich geduscht und muss wieder in die stinkigen Klamotten steigen.« Sie resigniert bei dem Gedanken und schüttelt sich innerlich. Angeekelt schlüpft sie erneut in die schmutzige und teils verschlissene Kleidung. Franziska ist sehr klein und schmal. Sie hat eine knabenhafte Figur und ist nur ein Meter achtundfünfzig groß. Sie wirkt mit ihren fast achtzehn Jahren wie ein kleines Mädchen.

Trotz der vielen Rückschläge, die sie bereits überstanden hat, versucht sie immer wieder kämpferisch und voller Trotz ihr persönliches Ziel zu erreichen. Franziska kann und will nicht einsehen, dass das Leben, das sie gerade durchwandert, alles sein soll.

Sie glaubt ganz fest an ihre persönliche Zeit, die noch kommen wird. Ihr Glaube daran macht sie stark und kämpferisch.

Besondere Vorlieben erkennt sie an sich selbst nicht. Bisher hat sie keine Möglichkeit bekommen, herauszufinden, was sie mag und was sie nicht mag. Franziska ist überzeugt davon, dass sich ihr noch die Gelegenheit bieten wird, das herauszufinden.

Erfrischt und voller Elan geht sie zurück in den großen Schlaf- und Aufenthaltsraum.

In der Mitte des Raumes steht ein großer runder Tisch für mindestens fünfzehn Personen. Darüber hängt ein schwerer Kronleuchter. Hoch motiviert geht Franziska forschen Schrittes auf den Tisch zu. Die Zeitschrift, die sie ins Auge gefasst hat, will sie sich gerade vom Tisch schnappen. Sie möchte wissen, was in der großen Welt passiert.

Abrupt bleibt sie stehen und ihr geheimer Wunsch wird schlagartig unterbrochen.

Im Schlaf- und Aufenthaltsraum

Drei Kerle betreten mit großen Schritten den Saal und marschieren zielstrebig auf den großen Tisch zu. Alle drei tragen Knobelbecher und stoßen mit Wucht die Stühle zur Seite. Sie setzen sich, ziehen die Stühle mit ihren Füßen zurück an den Tisch und fangen an lautstark zu diskutieren.

Der Erste, der sich Sven nennt, hat eiskalte Augen, die lauernd auf den anderen ruhen.

Den Zweiten, den sie Karl rufen, schätzt Franziska auf etwa dreiundvierzig Jahre. Er hat ein rundes, gerötetes Gesicht und es sieht aus, als ob er wahnsinnige Angst vor seinen beiden Kumpels hat.

Ständig kratzt er sich an seinem schmutzigen Kinn.

»Ob der Flöhe hat? «, flüstert Franziska leise in sich hinein und findet den Gedanken lustig. Sie muss sich bei der Vorstellung die Hand vor den Mund halten, damit sie nicht laut loslacht.

Beim Betrachten der letzten dunklen Gestalt bekommt sie eine Gänsehaut und setzt sich leise, um nicht aufzufallen, auf die obere Etage eines der Stockbetten.

Gerne würde sie diesen ungehobelten Kerlen die Meinung geigen, doch das getraut sie sich nicht. So viel Courage besitzt Franziska in diesem Moment nicht; die Angst ist einfach stärker.

Sie verharrt still auf der Bettkante und wartet auf die Dinge, die da noch kommen werden.

Der Dritte im Bunde ist offensichtlich der Boss der anderen beiden. Er hat ein blasses, eckiges Gesicht mit einer langen dunklen Narbe auf der linken Gesichtshälfte. Seine Augen scheinen Franziska anzustarren. Die schmalen zusammengekniffenen Lippen und die dicken Augenbrauen blicken düster drein. Das volle ungepflegte mittelblonde Haar hängt fettig herunter.

Er sieht einfach nur zum Fürchten aus. Die Tätowierung, eine Rose mit Tautropfen am linken Unterarm, und der Ohrring im rechten Ohr vermitteln nicht gerade einen seriösen Eindruck.

Sie rufen ihn Horst.

Es schaudert Franziska bei dem Gedanken, diesen

drei Typen nachts zu begegnen. Außer diesen drei Individuen wagt sich niemand, an dem runden Tisch Platz zu nehmen. Stillschweigend suchen die Übrigen ihre Betten auf.

Die Burschen fetzen sich lautstark wie die Kesselflicker, dabei schlägt der, den sie Horst nennen, mit der Faust so stark auf den Tisch, dass die Tischplatte vibriert.

Urplötzlich und ohne weitere Vorwarnung schnappen die beiden den, den sie Karl nennen, und nehmen ihn in die Zange.

Karl schreit hysterisch: »Das wollte ich nicht, das wollte ich nicht, so glaubt mir doch endlich, es ist ein Unfall gewesen. Aus diesem Grunde bin ich damals freigesprochen worden.«

Ohne dass die beiden Männer antworten, ziehen sie Karl blitzschnell auf den Tisch. Horst zieht ein gezacktes Brotmesser aus seinem Hosenbund.

Er rammt Karl dieses, ohne ein weiteres Wort zu verlieren, gnadenlos und brutal in den Oberbauch.

Nach dieser kaltblütigen Tat nutzen die beiden die Starre der übrigen Bewohner dieses Raumes und drehen sich wie abgesprochen vom Tisch weg.

Schnellen Schrittes verlassen sie den Saal des Grauens. Keiner der Anwesenden ist in der Lage zu reagieren.

Franziska spürt, wie Schweißperlen ihren Weg von der Stirn im Zeitlupentempo entlang der Nasenspitze zu ihren Lippen suchen. Sie glaubt zu spüren, wie eine Schweißperle überdimensional ihre Stirn verlässt und sich klatschend Richtung Boden verabschieden will. Automatisch streckt sie ihre Zunge raus, um so die Perle aufzuhalten. Auch sie, Franziska, sitzt, wie zu einer Salzsäule erstarrt, auf ihrer Bettkante.

Ohne weitere Vorankündigung versteift sich ihr Körper vor Zorn und sie schüttelt ungläubig den Kopf über so viel Unverfrorenheit, die sich gerade abgespielt hat. Sie kann es nicht fassen, dass es jemand wagt, diese Tat vor den Augen so vieler Menschen, die schon genug eigene Probleme haben, durchzuziehen.

Nach einer gefühlten Ewigkeit spürt sie endlich wieder das Hämmern ihres Pulses an ihren Schläfen. Ihr Herz schlägt bis zum Hals. Sie vernimmt ihre eigene Stimme, die vor Wut und Empörung schreit!

»Einen Arzt, einen Arzt, verdammt noch mal, holt endlich einen Arzt! Seht ihr denn nicht, dass der Mann verblutet!«

Eine unangenehme Stille beherrscht den Saal. Keiner bewegt sich, alle starren gebannt auf den Tisch zu dem Mann mit dem Messer im Bauch.

Franziska springt, nachdem ihr erster Schock überwunden ist, ohne nachzudenken vom Bett. Sie schreit plötzlich vor Schmerz und Wut auf. Beim Sprung hat sie sich aufgrund ihrer geringen Größe auch noch einen Knöchel verstaucht.

Mit schmerzverzerrtem Gesicht und humpelnd läuft sie selbstlos zu dem Typen, der sich das Messer eigenständig aus dem Leib gerissen hat. Sie fühlt seinen Puls und versucht leise auf ihn einzureden, spricht tröstende Worte. Schnell nimmt sie die dünne graue Decke, die sie noch vor lauter Schreck in der Hand gehalten hat, und drückt diese in die offene Wunde des Mannes.

Planlos und völlig desorientiert greift das im Sterben liegende Monster mit der anderen Hand nach Franziskas Hals.

Erbarmungslos und mit eiserner Kraft drückt er zu! Seine Augen treten hervor wie die eines Gockels, dem gerade der Hals umgedreht worden ist. Er röchelt und eine rotbraune Flüssigkeit verlässt seinen Mund, als er flüstert:

»Dich nehme ich mit in die Hölle; kein Mensch dieser Erde hat es verdient, auf dieser beschissenen Welt zu leben.«

Franziska steht starr vor Schreck und ist nicht in der Lage, sich zu bewegen. Sie begreift nicht, was gerade um sie herum geschieht. Sie spürt, wie das Blut aus ihren Adern schwindet. Benommen starrt sie in die hasserfüllten, blutunterlaufenen Augen des sterbenden Mannes.

Innerhalb von Sekunden läuft ihr bisheriges junges Leben wie an einem seidenen Faden an ihr vorüber. Voller Panik muss sie erkennen, dass der Albtraum, der sie seit ihrer Geburt begleitet, nie zu

Ende gehen wird.

Um sie herum wird es schwarz und sie sieht, wie grinsend ein dunkler Schatten mit einer Sichel auf sie zukommt und mit seinen langen schwarzen Armen nach ihr greifen will. Eisige Kälte läuft ihr über den Rücken. Mit übermenschlichem Willen zwingt sie sich, nicht in Ohnmacht zu fallen. Ihre Augen verfolgen, ohne dass sie es selbst wahrnimmt, den Sozialarbeiter, der aufgrund ihres Hilfeschreies und der mittlerweile lautstarken Unruhe im Saal hereingestürmt kommt.

Verzweifelt versucht er die Hand des Mannes von Franziskas Hals zu nehmen. Wie eine Kralle aus Stahl umklammert diese Pranke ihren Hals. Sie spürt, wie der große stabile Mann versucht, Finger für Finger des Sterbenden von ihrer Kehle zu lösen.

Für Franziska fühlt es sich an wie ein halbes gelebtes Leben, bis alle Finger dieses Kerls von ihrem Hals entfernt worden sind. Die wenigen Sekunden der Todesangst kommen ihr wie Stunden vor.

Franziska wird schlagartig klar, in welche Gefahr sie sich ohne Not begeben hat. Dieser Mann liegt im Sterben und er hat danach getrachtet, sie mit in die Hölle zu nehmen.

Die beiden anderen zwielichtigen Gestalten sind zu diesem Zeitpunkt längst verschwunden.

Franziska wird speiübel und kleine bunte Punkte kreisen vor ihren Augen. Sie ist nicht fähig, auch nur einen Fuß vor den anderen zu setzen. In ihrem

Kopf hallen ihre eigenen grausamen Worte, wie ein wiederkehrendes Echo!

Werde ich meine eisernen Ketten, die mich mein bisheriges Leben begleiten, etwa niemals lösen können?

Ihr wird schlagartig bewusst, dass sie dem Tod in letzter Sekunde von der Schippe gehopst ist. Ohne dass sie sich wehren kann, nimmt ihr Körper sich das, was er in diesem Augenblick braucht, einfach nur Ruhe.

Wie ein nasser Sack fällt sie in sich zusammen und wohltuende Dunkelheit umgibt sie.

Nach dem Mord

Den Tumult und das Durcheinander der Insassen bekommt Franziska nur schemenhaft mit.

Langsam und vorsichtig öffnet sie ihre rehbraunen Augen und hofft, dass das, was sie vor wenigen Minuten erlebt hat, nur ein böser Traum gewesen ist.

Sie dreht sich vorsichtig mit ihrem Körper auf die andere Seite und registriert aus dem Augenwinkel, dass die Polizei inzwischen eingetroffen ist und Fragen über das Geschehene stellt. Schnell stellt sie sich wieder schlafend; sie will keine Rede und Antwort stehen. Unmittelbar nach diesem Gedanken spürt sie wieder ein tiefes Loch, in das sie hinein-zufallen droht.

Sie zieht sich die Decke über den Kopf, damit sie die Möglichkeit hat, durch tiefes Durchatmen ihren Angstanfall zu überwinden. Sie darf einfach nicht gefunden werden, also tut sie so, als ob sie noch schläft, und wartet beharrlich ab, bis der Polizist endlich den Saal verlassen hat.

Nachdem das Gewusel von Polizisten und der Spurensicherung vorbei ist, hört sie, wie vorne in der Anmeldung gesagt wird, dass Frau Franziska Schwarz unbedingt am folgenden Tag bei der Kripo erscheinen muss. Man will sie aufgrund des Geschehenen und den verabreichten Beruhigungs-tabletten heute nicht mehr belästigen. Zufrieden-stellend ist diese Anweisung des Sozialarbeiters für die Polizei nicht. Sie hört wie der Leiter der Kom-mission, Herr Clausen, resignierend zu seinem Kollegen sagt: »Es ist unfassbar, dass nicht ein Ein-ziger in der Lage ist, eine Beschreibung eines der beiden Täter wiederzugeben.«

Er schüttelt dermaßen heftig seinen Kopf, dass ihm fast seine dunkelbraune Hornbrille von der Nase rutscht. Franziska beobachtet ihn aus dem Augenwinkel. Es ist ein kleiner schmächtiger Mann mittleren Alters. Ein Schnäuzer ziert sein Gesicht. Schweißperlen stehen ihm von der Wärme dieses Raumes auf der Stirn. Er spricht weiter und Franziska fällt auf, dass er ständig das R rollt.

»Wir können nur hoffen, dass diese kleine schlafende Person«, er zeigt dabei auf Franziska, »eine ordentliche Beschreibung abgeben kann. Sie ist wohl die Einzige gewesen, die reagiert hat. Unfassbar, so etwas.« Kopfschüttelnd unterstreicht Kommissar Clausen das Gesagte. Endlich verlässt der letzte Mann der Spurensicherung den Saal.

Franziska atmet auf, denn sie will die paar Tage bis zu ihrem achtzehnten Geburtstag nicht gefunden werden.

Flucht zurück auf die Straße

Panisch denkt sie an den letzten erlebten Vorfall zurück. Sie sieht vor ihrem geistigen Auge, wie sie am Vortag im Supermarkt ein Brot und ein Päckchen Wust in die Tasche gesteckt hat. Es schüttelt sie, als sie daran denkt. Das blöde Weib an der Kasse ist hysterisch geworden und hat ununterbrochen geschrien: »Haltet den Dieb, haltet das Mädchen.«

Mit knallrotem Kopf ist sie aus dem Laden gerannt. Aus dem Augenwinkel hat sie gesehen, wie der Hausdetektiv die Verkäuferin befragt hat. Sie ist sich nicht sicher, ob die Beschreibung der Verkäuferin so gut gewesen ist, dass der Detektiv sie wiedererkennen würde. Franziska will trotzdem das Risiko nicht eingehen, verhaftet und in eine

Zelle gesperrt zu werden. Die Erinnerung daran ist noch sehr gegenwärtig und eine Gänsehaut läuft ihr über den Rücken. Sie hat nicht vorgehabt zu stehlen, aber der Hunger war mit Macht über sie hereingebrochen. Vor wenigen Tagen war ihr das letzte Geld von einem Busfahrer abgenommen worden.

Es war wie verhext; auf dem letzten Stück bis nach Bruchsal hatte sie einfach kein Auto mehr mitgenommen. Ihren so heiß geliebten achtzehnten Geburtstag hatte sie doch unbedingt in Bruchsal feiern wollen.

Blitzartig drängt sich eine höhnisch lachende Stimme in ihre Gedanken, die ihr zuflüstert:

»Und? Was ist, wenn du achtzehn wirst? Du bist doch allein auf dieser Welt. Wer soll dir schon das geben, worauf du bereits so lange sehnsüchtig wartest!«

Genervt verdrängt Franziska die höhnischen Worte aus ihrem Gehirn. Sie kann vor Müdigkeit ihre Augen nicht mehr offen halten und schläft noch einige Stunden tief und fest. Die Beruhigungstropfen haben etwas Gutes getan.

Mitten in der Nacht wacht Franziska auf; eine Stimme spukt in ihrem Kopf, die unaufhörlich wie eine Endlosschleife flüstert:

»Verlass diesen Saal des Schreckens so schnell es dir möglich ist. Hier bist du ganz bestimmt nicht mehr sicher.«

Franziska steht mit wackligen Beinen auf, nimmt die Flasche Wasser, die der Sozialarbeiter stehengelassen hat, und verlässt so leise wie möglich den Raum.

Ihr Schädel brummt und vorsichtig fasst sie sich an ihre Haare. Ihr Nacken brennt von der starren Haltung beim Liegen ohne Kopfkissen. Franziska bewegt sich im Zeitlupentempo den endlosen dunklen Flur entlang. Leise, um nicht bemerkt zu werden, setzt sie wie eine Marionette einen Schritt vor den nächsten.

Das Stück Korridor bis zum Ausgang des Saales kommt ihr ewig lang vor. Ihr Hals schmerzt und ihre Kehle brennt. Die Würgemale verursachen große Schmerzen. Nach und nach löst sich die innere Starre und sie fühlt wieder Leben in sich aufkeimen.

Auf dem Weg zum Ausgang bleibt sie immer wieder stehen und muss tief durchatmen.

Sie glaubt ersticken zu müssen. Mit innerer Gewalt zwingt sie sich auf dem kurzen Stück zu Ruhe und Besonnenheit.

So viel Brutalität und Hass, wie sie es an diesem Abend erlebt hat, macht sie beklommen. Spontan empfindet sie wieder den Schmerz, den ihr ihre Mutter mit grausiger Brutalität zugefügt hat.

Tränen der Hilflosigkeit und des Entsetzens laufen über ihr hübsches Gesicht.

Nach einer gefühlten Ewigkeit erreicht Franziska

erleichtert den Ausgang. Es muss inzwischen sehr spät geworden sein. Schnell humpelt sie einige Schritte um die nächste Ecke, damit sie von dem Betreuer der Unterkunft nicht mehr gesehen werden kann.

Sie sieht an sich herunter und stellt erschaudernd fest, dass ihre Jeans total zerrissen ist. Die hellgrüne Steppjacke ist auch fast völlig aufgelöst in seinen Nähten.

Resignierend murmelt sie vor sich hin: »Meine Güte, wieso habe ich immer so ein Pech?«

Durchatmend strafft sie ihre schmalen Schultern und fängt ohne Vorwarnung an zu schreien. Sie schlägt wild vor Wut und Zorn mit ihrer Faust an die Eckfassade vor sich.

Am liebsten würde sie aus ihrem eigenen Körper springen, um die Anspannung und den Stress, den sie vor einigen Stunden durchlebt hat, loszuwerden. Sie ist wahnsinnig zornig und entrüstet, dass ausgerechnet ihr so etwas Mistiges passieren muss.

Sie kann und will es nicht fassen und ist einfach nur wütend über sich selbst und den Rest der Welt.

Nach und nach beruhigt sie sich und versucht lange und gleichmäßig durchzuatmen. Ihre Knöchel an den Händen sind blutverschmiert. Ihre Gedanken schlagen während des Laufens Purzelbäume. Hat das alles sein müssen?, fragt sich Franziska immer wieder. Sie will doch nur noch die paar Tage bis zu ihrem achtzehnten Geburtstag ohne Missgeschicke überstehen!

Die Nacht auf der Straße

Franziska betrachtet es als ein persönliches Ge-
schenk, dass das Gesetz – die Herabsetzung der
Volljährigkeit von einundzwanzig auf achtzehn
Jahre – 1975 in Kraft getreten ist. Endlich besteht
für sie die Möglichkeit, durch ihre Volljährigkeit in
diesem Jahr ihre Geburtsurkunde selbst zu beschaffen.

Wieder wird sie wütend bei dem Gedanken, dass
ihr so ein Trottel einen Strich durch die Rechnung
gemacht hat. Allmählich lässt die Anspannung in
ihrem Körper nach und die Gedanken bewegen sich
in ruhigerem Fahrwasser. Im Gegenzug finden der
Schmerz in ihren Gliedern und die erneute Müdigkeit den Weg in ihren Körper zurück. Jede Bewegung wird zur Qual und ihr Hals schwillt immer
mehr an. Die Finger des Monstrums zeichnen sich
extrem stark an ihrer Kehle ab. Das Atmen fällt ihr
schwer; sie bekommt kaum noch Luft; ständig
muss sie sich übergeben. Die Schmerzen im Kehlkopf wollen nicht nachlassen.

»Ich brauche dringend etwas zu trinken«, spricht
sie zu sich selbst und humpelt mit entschlossenen
Schritten weiter; wohin, ist ihr völlig egal. Nur weg
von diesem gruseligen Ort.

Ständig fragt Franziska sich, ob der brutale Horst schon von der Kripo gefasst worden ist. Hastig nimmt sie noch einen Schluck aus der mitgenommenen Flasche. Der lange grauenvolle Tag verabschiedet sich und die Nacht bricht endgültig herein.

Die Schatten der Laternen um die roten heruntergekommenen Backsteinhäuser sehen gespenstisch aus.

Franziska spürt die ersten Regentropfen auf ihrer Haut. Sie atmet auf und hofft, dass der Regen ihr zu einem klaren Verstand verhelfen wird. Ihre Augen suchen die Häuser nach einer brauchbaren dunklen Ecke ab. Sie glaubt so Schutz für die kommende Nacht zu finden. Der Hunger und der Durst werden unerträglich. Ihr Magen hört nicht mehr auf zu grummeln. Mit Bedacht trinkt sie den Rest aus der Wasserflasche, um so auch ihren knurrenden Magen zu beruhigen. Ihr fällt ein, dass sie noch einen Rest Senf in der Tasche aufgehoben hat. Schnell zieht sie die Tube aus ihrer Jackentasche und drückt den Rest des Senfes direkt in den Mund. Dort verteilt sie diesen geschickt mit ihrer Zunge gleichmäßig am Gaumen. Der Geschmack des Senfes nimmt ihr für einen kurzen Augenblick den Hunger.

In immer kürzer werdenden Intervallen überwältigt sie der Schwindel. Sie versucht sich mit irgendwelchen Gedanken, die ständig in ihrem Kopf spuken, vom Hunger abzulenken. Es ist ein innerlicher

Kampf und Franziska muss viel Selbstdisziplin aufbringen, um diesen Kampf zu gewinnen.

Langsam und vorsichtig tastet sie sich an den Häuserwänden entlang. In welche Richtung sie gelaufen ist, weiß sie nicht zu sagen. Schemenhaft erkennt sie einen Torbogen und hofft, dort einen Innenhof zu finden.

Der Regen wird stärker und der Asphalt entwickelt sich vom Staub auf den Straßen zu einer Rutschpartie. Vorsichtig bewegt sie sich in der Dunkelheit weiter. Sie ist erleichtert; es ist tatsächlich ein Innenhof.

Achtsam schleicht sie durch den Hof und sieht sich blitzschnell um. Die Mülltonnen in der rechten Ecke quellen über und der Unrat verteilt sich großflächig um die Tonnen. Es stinkt trotz des frischen Regens bestialisch. Langsam dreht sie ihren Kopf in die andere Richtung. Lichter der einzelnen Fenster werfen einen leichten Schatten in den Hof. Das ist gut so; jetzt kann sie den gesamten Innenraum überblicken.

Es ist beängstigend; das Rascheln rund um die Mülltonnen hört nicht auf. Aus der dritten Etage eines Hauses brüllt eine Frau hysterisch und die Worte verhallen im Innenhof und prallen an den Mauern ab.

Franziska schüttelt sich vor Ekel und Frust. Immer mehr drückt sie sich in die kleine Ecke. Der

Horror erfasst sie erneut; sie kennt solche Situationen nur zu gut. Trotzdem zuckt sie bei jedem Geräusch immer wieder zusammen.

Der Regen, der unaufhörlich auf die kaputten Dachrinnen prasselt, macht sie schier verrückt. Die grün karierte Steppjacke und die dünne Jeans, die sie trägt, sind völlig durchnässt. Die Kälte kriecht mit einer Erbarmungslosigkeit langsam, von den Fußsohlen bis zur Haarspitze, durch ihren Körper.

Die Nacht verabschiedet sich endgültig mit ihren düsteren Schatten und die Morgendämmerung bricht an.

Die unheimliche Begegnung

Auf einmal raschelt es erneut! Es ist ein anderes Rascheln, nicht das, welches sie vorhin vernommen hat. Instinktiv hört Franziska kurz auf zu atmen und versucht sich trotz der Kälte nicht zu bewegen.

Wild hämmernd drehen sich die Gedanken in ihrem Kopf, die ihr ständig zurufen:

»Die sind dir gefolgt! Die wollen dich jetzt auch abschlachten, wie den Mann in der Notunterkunft.«

Das Blut schießt ihr in den Kopf und schleichende Bestürzung lähmt ihre angespannten Muskeln. Allmählich kommen die Schatten unaufhaltsam auf sie zu.

Stocksteif, nicht mehr fähig, sich zu bewegen, steht sie in der Ecke. Hastig hält sie beide Hände vor ihren Mund, damit der Schrei ihre Kehle nicht verlässt. Im selben Augenblick trifft und blendet sie ein Lichtkegel erbarmungslos mitten in das Gesicht.

Eine grässlich dunkle Männerstimme lacht hämisch auf und zischt mit eiskalter und drohender Stimme: »Was bist du denn für ein Spatz, so etwas wie dich haben wir gesucht! Das ist ja mal ein Zufall; komm und versüß uns die Nacht!«

Er packt sie mit eiserner Hand am Arm, sodass sie keine Möglichkeit sieht zu reagieren. Ihr Arm tut weh und der Schmerz im Kehlkopf wird durch die zusätzliche Anstrengung der Abwehr stärker und sie muss sich unweigerlich vor seinen Augen übergeben.

Angeekelt dreht sich der Kerl für einen kurzen Moment zur Seite und lockert seinen Griff. Ist es Wut oder Panik, die ihr die Kraft verleiht, sich von dem brutalen Kerl loszureißen? Sie weiß es nicht. Geistesgegenwärtig tritt sie ihn mit letzter Kraft zwischen seine Beine und sieht, wie er vor Schmerz zusammensackt.

Jetzt erkennt sie, dass es einer der beiden brutalen Kerle ist, die das Messer geführt haben. Blitzschnell ahnt sie, dass der zweite nicht weit weg sein kann.

Mit letzter Kraft rennt sie, wie von der Tarantel gestochen, los. Keinen klaren Gedanken kann sie mehr fassen. Panisch hastet sie weiter die Straße entlang.

»Wo soll ich nur hin?«, flüstert sie während des Laufens immer wieder. Sie hat keinen wirklichen Plan mehr. In die Unterkunft kann sie auf keinen Fall zurück. Als einzige Möglichkeit sieht sie nur noch, die Stadt, in der sie gerade angekommen ist, zu verlassen.

Aber wie?

Sie kann nur hoffen, dass sie mit Sonnenaufgang jemanden finden wird, der sie per Anhalter mitnimmt.

Franziska S. ist völlig fertig mit sich und der

Welt. Die Muskeln ihres Körpers sind von der durchnässten Kleidung und der aufsteigenden Kälte steif. Sie zwingt sich zur Ruhe. Sie muss jetzt genau überlegen, wie es mit ihr weitergehen soll. Sie verringert ihr Tempo und setzt mechanisch einen Fuß vor den anderen. Im Schatten der heruntergekommenen Backsteinhäuser schleicht sie an der Mauer entlang. Sie kann und darf nicht gesehen werden.

Um sich selbst in dieser grauen Umgebung Mut zu machen, murmelt sie ständig irgendetwas vor sich hin. Vorsichtig läuft sie weiter, denn der Asphalt ist immer noch glitschig vom Regen und dem heruntergefallenen Laub. Mit ihren leichten Kunstlederschuhen muss sie mächtig aufpassen, nicht auszurutschen.

Verzweifelt wirft sie einen Blick Richtung Himmel und fleht, dass der Regen doch endlich aufhören soll.

Unerwartet sieht sie aus dem Augenwinkel im Lichtkegel der Straße, dass ihr jemand folgt.

»Oh, so eine Scheiße«, flucht sie verzweifelt vor sich hin, »nicht schon wieder!«

Automatisch spannt sie ihren Körper an; wie ein Tiger, der dem Käfig entrinnen will, und beschleunigt ihre Schritte. Im Klang des Asphalts hört sie, dass hinter ihr ebenfalls jemand an Geschwindigkeit zunimmt.

Franziska zwängt sich flink und geschickt in die

nächste dunkle Ecke, zwischen zwei Häuser einer innen liegenden, von außen nicht einsehbaren Mauer. Sie hofft, dass dieser Schatten auch nur ein verirrter, einsamer Passant der Straße ist.

Jetzt bleibt ihr Verfolger auch stehen! Franziska drückt sich so gut es geht dichter an die dunkle Mauer und hält die Luft an.

Es folgen weitere schwere Schritte, die dem ersten Burschen folgen. Sie lauscht mit angehaltenem Atem und hofft, einige Worte aufzuschnappen. Der kleinere von beiden fuchtelt wild mit den Armen und schimpft mit krächzender Stimme: »Nein, sie ist weg, ich sehe sie nicht mehr.«

Der größere Kerl mit der Wollmütze auf dem Kopf zischt wütend mit eiskalter Stimme: »Sei leise, verdammt noch mal, du Trottel; willst du die ganze Straße auf uns aufmerksam machen? Wir müssen sie finden; wir können das Risiko nicht eingehen. Du weißt, dass uns die Bullen suchen. Nur die Kleine hat uns deutlich gesehen. Sie hat ja unbedingt dem Blödian helfen wollen. Die Weiber sind einfach zu blöd; die müssen sich auch überall einmischen«, klingt die Stimme immer noch wütend. Anschließend hustet er seinen tief sitzenden Rotz aus seiner Lunge und spuckt diesen vor dem anderem Kerl aus. Dieser flucht laut und zieht schnell seinen Fuß zurück, sodass der Rotz seinen Schuh nicht erreicht. Franziska schüttelt sich vor Ekel und sie glaubt zu spüren, wie sich Herpes an ihrer Lippe breitmacht. In diesen Moment spürt sie, wie ihr Herz immer lauter schlägt. Gleichzeitig fühlt sie, wie das Blut aus ihrem Körper schwindet. Ihre Knie fangen zu zittern an und sie kann den Stand nicht mehr halten. Langsam, ganz langsam lässt sie sich Richtung Boden sinken.

Sie versucht sich das Gesicht des großen Mannes, das sie nur schemenhaft im trüben Licht der Straßenlaterne sehen kann, einzuprägen. Sie erkennt das Gesicht des Bastards wieder; es ist der, den sie Horst nennen.

Ruhe vor dem Sturm

Franziska hat Zeit und Raum verloren, sie weiß nicht, ob sie Stunden, Minuten oder nur Sekunden zusammengekauert hinter der Mauer gesessen hat. Es muss länger gewesen sein, denn es fällt ihr verdammt schwer, aus der Hocke wieder in die Gerade zu kommen. Ihre Beine schmerzen, denn durch das lange Sitzen in der Hocke und der Kälte machen ihr Krämpfe in den Beinen zu schaffen.

Nach einer gefühlten Ewigkeit verlassen die Typen in entgegengesetzter Richtung die Straße.

Franziska bleibt einige Minuten an der Mauer angelehnt stehen; denn der Schreck sitzt noch für einen kurzen Augenblick in ihren Knochen. Als die letzten Schritte verhallt sind und kein Mensch mehr auf der Straße zu sehen ist, bewegt sie sich langsam von der Mauer, die ihr offensichtlich das Leben gerettet hat, weg. Vorsichtig schaut sie sich um, ob es eine Möglichkeit gibt, hier irgendwo zu übernachten.

Franziska fühlt sich wie ausgekotzt; die Klamotten sind durchnässt und kleben unangenehm am Körper. Ihre Haare sind klatschnass und das Wasser läuft vom Pony in die Stirn und den Nacken. Der Hunger und der Durst bringen sie beinahe zur Verzweiflung. Sie ist so erschöpft, dass es ihr in dieser Situation egal ist, ob die Polizei sie aufgreift.

Sie will nur noch in der Dunkelheit ausruhen, damit sie dem nächsten Tag trotzig entgegentreten kann.

Ihr starker Wille treibt sie, trotz der Kälte, immer weiter. Sie registriert nur noch geistesabwesend, dass sie sich nahe den Bahngleisen bewegt. Abrupt bleibt sie stehen und sieht im Schatten der Gleise auf der gegenüberliegenden Straßenseite eine verwahrloste Siedlung aus rotbraunen Ziegeln. Franziska hat das Gefühl für Zeit und Raum verloren.

Sie weiß nicht mehr, wie lang oder wie weit sie noch gelaufen ist. Sie versucht raschen Schrittes die Gleise zu überqueren, um auf die andere Straßenseite zu gelangen.

Ein trostloses Bild bietet sich ihr, als sie die andere Seite der Straße erreicht. Die Ziegelsteine der

Fassaden sind brüchig; die Haustüren allesamt kaputt. Die Briefkästen an den Eingangstüren hängen teilweise lose herunter. Müll und Zigarettenkippen liegen in den Ecken der Haustüren. Die Straßenlaternen sind marode und leuchten spärlich. Während sie den Häuserblock betrachtet, donnert ein Güterzug so nah an ihr vorbei, dass sie glaubt, der Zug fährt quer durch den Häuserblock.

»Meine Güte, was war das denn?«, flüstert sie sich selbst Mut zu. Sie ist so sehr erschrocken, dass sie sich an einem maroden und schmierigen Geländer eines Hauses festhalten muss. Im selben Augenblick sieht sie das verblasste Ortseingangsschild. Als sie näher herangeht, liest sie, dass sie im Stadtteil Heidenheim angekommen ist.

Die runtergewirtschafteten Häuser sehen nicht gerade einladend aus. Langsam dreht sie sich um die eigene Achse, um sich zu orientieren.

In einem der Häuser brennt noch Licht im oberen Stockwerk. Offensichtlich kann jemand nicht schlafen, denkt sie und klingelt spontan. Immer wieder klingelt sie und hofft, dass sich eine Tür öffnet.

»Ja bitte?«, hört Franziska nach knapp drei Minuten den Ruf einer älteren Frau. Die Stimme kommt aus einem Fenster im ersten Stock.

Franziska krächzt nach oben, denn sie bekommt fast keinen Ton mehr heraus:

»Mir ist etwas passiert; könnten Sie mir die Haustüre öffnen, damit ich mich für den Rest der Nacht im Treppenhaus aufhalten kann? Es ist furchtbar kalt und nass hier draußen.«

– Stille –

»Hallo, haben Sie mich verstanden?«, fragt Franziska ungeduldig erneut nach oben.

Sie friert erbärmlich und sie tritt automatisch von einem Bein auf das andere. Sie umschlingt klopfend mit beiden Armen ihren Oberkörper, um in Bewegung zu bleiben. Sie will nicht noch einmal solch einen starren Körper wie vor einigen Stunden haben. Das war sehr unangenehm für sie und ihre Muskeln haben in diesen belastenden Augenblicken grausam geschmerzt.

»Moment, ich komme«, hört Franziska endlich die raue Stimme dieser Frau. Nach einigen Sekunden vernimmt Franziska schlurfende Schritte im Treppenhaus. Mit schleifendem Ton geht die Haustür auf und die Frau tritt im Morgenmantel und Lockenwickler im Haar aus dem Haus. Sie sieht Franziska an und schlägt die Hände über dem Kopf zusammen und ruft entsetzt: »Was ist denn mit Ihnen passiert? Ist Ihnen der Teufel höchstpersönlich begegnet? Was macht denn ein so junges Mädchen mitten in der Nacht in so einer Gegend?«, fragt sie entsetzt weiter. »Kommen Sie doch erst einmal in die Wohnung – schnell«, und sie zieht Franziska mit sich.

Völlig erschöpft und durchnässt folgt Franziska, ohne weiteren Wortwechsel, dieser Frau in das Haus. Geschwind wirft die Gastgeberin eine alte Wolldecke um Franziskas Körper. Franziska spürt, wie die innere Anspannung nachlässt. Ohne dass sie es verhindern kann, fängt sie an am ganzen Körper zu zittern. Vor innerer Kälte schlagen ihre Zähne aufeinander, ohne dass sie etwas dagegen tun kann. Ihre nassen Haare tropfen auf den Teppich dieses Raumes. Ihr Hals ist mittlerweile grün und blau von den Fingern dieses Mannes. Ihre Kehle brennt wie Feuer; sie bekommt kaum noch Luft.

Das Glas Wasser, das ihr gereicht wird, trinkt sie langsam Schluck für Schluck. Mit jedem Schluck glaubt sie Kieselsteine und nicht Wasser zu sich zu nehmen, so stark ist der Schmerz im Hals.

Doch für Schmerzensschreie ist sie zu erschöpft. Franziska schafft es gerade noch, das Wasser auszutrinken und den moderigen Geruch der alten Couch wahrzunehmen. Ohne jegliche Ankündigung rutscht sie langsam in die Horizontale und fällt das erste Mal seit zwei Tagen in einen tiefen Schlaf, der einer Ohnmacht nahekommt.

Franziska schläft fast zwölf Stunden und wacht erst gegen Mittag des nächsten Tages auf.

Martha

»Guten Morgen«, hört Franziska dumpf die Frau wie durch eine Wand rufen. Franziska muss lange überlegen und ihre Gedanken ordnen, bevor ihr klar wird, dass sie ja irgendwo geklingelt hat. Mühsam und langsam gelingt es ihr, sich aufzusetzen. Das Aufsetzen stellt sich als äußerst schwierig dar, weil die Couch, auf der sie gestern eingeschlafen ist, ziemlich tiefe Polster hat. Außerdem weigert sich ihr Körper nach den gestrigen Strapazen, sich aufzurichten.

Nur ihrem jungen Körper hat sie es zu verdanken, dass sie das, bis auf ein paar neue seelische und körperliche Schrammen, weitgehend schadlos überstanden hat.

Franziska ist für ihre jungen Jahre extrem abgehärtet. Das hat sie ihrer schaurigen Kindheit zu verdanken.

Unauffällig schaut sich Franziska um; langsam kommen die Erinnerungen vom gestrigen Abend zurück.

»Guten Morgen«, grüßt sie leise und höflich zurück. »Vielen Dank, dass Sie mir gestern Abend ihre Türe geöffnet haben«, spricht sie im Flüsterton weiter.

»Aber, Kindchen, das ist doch selbstverständlich. Schauen Sie sich doch mal an, Sie sehen ja zum Fürchten aus. So, jetzt nehmen Sie erst einmal ein

Bad – übrigens, ich heiße Martha«, spricht die Frau weiter. Eine große Zahnlücke kommt zum Vorschein, als sie Franziska anlächelt.

»Wie darf ich Sie nennen?«, fragt Martha neugierig weiter.

»Franziska, ich bin Franziska Schwarz und Sie dürfen mich duzen; so alt bin ich noch nicht«, erklärt Franziska zurückhaltend.

Martha nimmt nach dem Gesagten Franziska spontan an die Hand und lächelt ihr aufmunternd zu.

»Hier ist das Bad, das dir zum neuen Ich verhelfen wird. Tritt ein und lass dir so viel Zeit, wie du brauchst.«

Franziska begibt sich zurückhaltend in das kleine Bad. Die grünlichen Fliesen an den Wänden erinnern sie sofort wieder an den Waschraum im Obdachlosenheim. Leise stöhnt sie auf und schließt die Augen. Martha bemerkt es und lässt sie allein im Badezimmer zurück.

Franziska schaut sich um und staunt nicht schlecht. Auf einem Schemel neben der Badewanne liegt eine frisch gewaschene braune Cordhose, eine bunte Bluse und Unterwäsche der Fünfzigerjahre. Als sie die Kleidungsstücke in die Hand nimmt, erkennt sie, dass es Konfektionsgröße zweiunddreißig oder vierunddreißig ist. Sie wundert sich zwar, hier in dem alten Haus Kleider zu finden, die ihr passen, will aber nicht weiter darüber nachdenken.

Zu groß ist die Freude über das frisch eingelassene Bad. Das Badewasser riecht nach frischem Lavendel. Langsam, mit all ihren Sinnen, zieht sie diesen Duft tief in sich hinein; so tief, dass sie glaubt, der Duft berühre ihre Seele. Sie ist das erste Mal seit langer Zeit überglücklich, endlich die alte, nach Schweiß stinkende Kleidung von ihrem geschundenen Körper abzustreifen.

Sie rümpft ihre Nase, als sie an sich riecht. Wieder sieht sie das Bild aus der Kindheit vor ihren Augen.

»Sehr freundlich, die alte Dame«, spricht sie ihre Gedanken leise aus und steigt in die Wanne. Die Wärme des Wassers und der Duft von Lavendel tun ihrer verletzten Seele und ihrem Körper gut. Sie schließt ihre Augen.

Franziskas Kindheit

In eine raue, aber auch teilweise liebliche Hochfläche, mit viel Ackerbau und Viehzucht, Wäldern und saftigen Wiesen auf der schwäbischen Alb wird Franziska hineingeboren.

Auf einem heruntergekommenen ärmlichen Hof, am Rande eines kleinen Dorfes, einige Kilometer von einer größeren Stadt entfernt, kämpft in einer stürmischen und sehr kühlen Septembernacht 1957 Anna mit der Niederkunft ihres Kindes.

Als die Wehen so stark werden, dass sie nicht mehr laufen kann, setzt sie sich auf den schmutzigen Boden ihrer erbärmlichen Küche und macht sich für die Niederkunft bereit. Die Fruchtblase geht auf und Anna wird von den immer kürzer werdenden Wehen fürchterlich geschüttelt. Sie presst und schreit, so wie es die Natur für eine Geburt vorgesehen hat. Doch es sieht aus, als ob das Kind sich weigert, das Licht der Welt zu erblicken.

Anna ist selbst gerade fünfundzwanzig Jahre jung und lebt alleine auf dem Bauernhof. Ihr Kerl hat sie und den Hof unmittelbar, nachdem er sie geschwängert hat, für immer verlassen. Ihre Eltern waren geschieden und Annas Vater ist unmittelbar nach ihrer Geburt fortgegangen. Annas Mutter starb, als sie selbst zwanzig Jahre alt war. Sie konnte sich von dem Bauernhof ihrer Eltern nie trennen und sah für sich keine Chance, außerhalb des Hofes zu existieren. Anna ist eine kräftige große Bauersfrau mit einem markanten runden Gesicht. Der Hof ist runtergewirtschaftet und verdreckt. Sie hat kein Interesse daran, Ordnung zu halten. Die Armut, in die sie reingeraten ist, hat sie verbittern lassen. Der Frust des Alleinseins hat Fressattacken in ihr ausgelöst. Dementsprechend ist ihr Körper extrem fettleibig. Die dunkelbraunen langen Haare hängen ungepflegt und strähnig an ihrem dicken, viel zu kurzen Hals herunter. Annas Kopf mit den schmalen Augen, die sie ständig zusammenkneift, sehen aus wie die Augen ihres Schweines, das sie gerade versucht zu mästen. Anna bewegt sich mit ihrem dicken, roten Kopf wie eine Dampfwalze vorwärts.

Diese Frau will um alles in der Welt das Kind nicht haben. Zum Schwangerschaftsabbruch gibt es keine Möglichkeit. Das Geld, zumal eine Abtreibung illegal ist, kann sie nicht aufbringen.

Den Abbruch der Schwangerschaft versucht sie mit Macht durchzuführen. Sie stellt sich ein Gebräu aus den ihr zur Verfügung stehenden Kräutern her, das sie zu sich nimmt. Es zeigt jedoch keine Wirkung.

Also taucht sie die ersten Monate der Schwangerschaft ihren Unterleib immer wieder in mit Kräutern bereichertes heißes Salzwasser ein. Sie hofft inständig, dieses Missgeschick, wie sie es nennt, loszuwerden.

Dieser Wunsch bleibt Anna jedoch versagt!

In ihrem Kummer und dem Hass gegenüber dem Kerl, der sie geschwängert hat, entschließt sie sich, nur noch für ihre Hunde und Katzen zu leben.

Die spärlichen Einnahmen hierfür erzielt sie durch eine Ziege, eine Kuh, einige Hühner, ein Schwein und die wenigen Früchte, die das kaum bewirtschaftete Feld abwirft. Die paar Bauernhöfe, die am Dorfrand liegen, liegen sehr weit auseinander, sodass kein Bauer den anderen kennt. Jeder kämpft für sich allein ums Überleben.

Ihr erstes Kind, ein Sohn, ist unmittelbar nach der Geburt gestorben. Sie hofft, dass das Balg, wie sie es nennt, das gleiche Schicksal ereilen wird.

Doch es kommt anders!

Zwischen ihren drei Hunden und fünf Katzen quält sich Anna durch die Wehen. Nach der extrem schwierigen und schmerzhaften Geburt erblickt ein Mädchen das Licht der Welt.

Anna beachtet in ihrem Schmerz und der nahenden Ohnmacht dieses Kind nicht.

Achtlos lässt sie es auf dem schmutzigen Küchenboden liegen.

Sie weiß noch von der ersten Geburt ihres Sohnes, wie die Nabelschnur durchtrennt wird. Nach dem schwierigen Unterfangen mit der Durchtrennung der Nabelschnur schleppt sich Anna zu ihrem Bett und legt sich erschöpft nieder.

Zwischenzeitlich leckt Asta, die Schäferhündin, das Mädchen, das immer noch auf dem kalten Boden liegt, sauber. Die Hündin scheint zu spüren, dass dieses Baby in Not ist.

Nach einigen Stunden Schlaf wacht Anna durch das durchdringende Geschrei des Babys auf.

Das Kind liegt immer noch auf dem kalten Boden und ist schon blau von der Kälte angelaufen.

Stocksauer steigt Anna durch das Geschrei des

Kindes, noch völlig mitgenommen von der Geburt, aus ihrem Bett. Zornig und missmutig stürmt sie, beide Hände zu Fäusten geballt, auf das am Boden liegende Mädchen zu. Abrupt bleibt sie stehen und öffnet die zu Fäusten geballten Hände.

Asta, die Hündin, stellt sich knurrend und zähnefletschend vor das Baby. Anna begreift schlagartig, dass sie, solange die Hündin im Haus ist, dieses Kind mit Bedacht anfassen muss.

Der Küchenboden ist verschmiert und glitschig vom Blut und der Flüssigkeit, die Anna verloren hat. In der Küche sieht es aus, als ob eine Bombe eingeschlagen hat. Widerwillig hebt sie das Baby, das sie ab sofort Franziska nennt, von dem dreckigen Küchenboden auf.

Mit kaltem Wasser wäscht sie sich und dem Kind notdürftig das Blut und die klebrig gewordene Flüssigkeit ab. Anna wickelt das Kind in alte Tücher, die sie notdürftig zusammengetragen hat, ein und legt es neben der Hündin Asta wieder auf den Boden.

Für Anna ist es nach wie vor unbegreiflich, dass trotz aller Torturen, die sie sich und dem Kind angetan hat, dieses Kind noch lebt.

Widerwillig versorgt sie Franziska Tag für Tag.

Anna spürt, dass die Hündin Asta sie auf Schritt und Tritt, wie ein Fuchs seine Beute, mit den Augen verfolgt.

Anna entwickelt Angst gegenüber dieser Hündin

und sperrt diese immer öfter aus der Küche aus.

Dort bleibt Asta hartnäckig, ohne sich zu bewegen, auf der Türschwelle liegen und beobachtet Anna misstrauisch.

Saubere Windeln kennt Franziska nicht. Einmal, höchstens zweimal am Tag bekommt sie Milch von der Ziege. Franziska muss als Säugling schon viele Schläge einstecken.

Es geschieht immer, wenn die Schmerzen ihrer Mutter im Unterleib und in den wunden Brustwarzen unerträglich werden. Annas Brüste sind hart und die Brustwarzen geschwollen. Obwohl sie nicht stillt und auch nicht stillen will, schießt die Milch unaufhörlich nach und sie kann es nicht abstellen. Das macht sie fürchterlich wütend auf Franziska!

Anna stellt eigene Salben aus Kräutern her und versucht die immer unerträglicher werdenden Schmerzen zu lindern.

Es geschieht des Öfteren, dass sie, vom eigenen Schmerz getrieben, das Baby vor lauter Wut schüttelt.

Franziska leidet unter den Folgen der Misshandlungen. Die sichtbaren Zeichen sind blaue Flecken und Blutergüsse an Armen und Schultern.

Einmal im Monat kommt ein Lieferant mit den nötigen Lebensmitteln zu den abgelegenen Bauernhöfen gefahren. An diesem Tag werden Waren getauscht. Ziegenmilch oder Ziegenkäse, Kräuter,

Rüben und was es zu den entsprechenden Jahreszeiten gibt, gegen andere Lebensmittel und Stoffe oder Garne.

Es ist Franziskas fünfter Geburtstag und sie wird von ihrer Mutter Anna grün und blau geschlagen.

Der rechte Arm ist angebrochen. Franziska jammert und winselt herzzerreißend.

Anna bekommt panische Angst; dieses Gejammer und Gewinsel von Franziska und das Knurren von Asta wollen einfach nicht aufhören.

An diesem Tag ist sie mit dem Lieferwagen in den nächsten größeren Ort ins Kreiskrankenhaus gefahren.

Anna behauptet, dass Franziska vom Stuhl gefallen ist, als sie versucht hat, Süßigkeiten vom Schrank zu angeln. Die Ärzte und Pfleger haben keinen Anlass gesehen, Annas Geschichte nicht zu glauben.

Trotz der Gefahr, wegen der Misshandlungen an Franziska aufzufliegen, bleibt Anna gegenüber ihrer Tochter herzlos und kalt.

Franziska lernt sehr früh in ihrem Leben, sich selbst mit Beeren und allem, was so herumliegt, zu versorgen.

Nach dem Krankenhausbesuch muss Franziska in ein Nebengebäude, am Rande des Hofes.

Von diesem Tag an verbringt sie ihr weiteres Dasein mit den drei Hunden Asta, Rex und Dexter.

Ihre Mutter will sie und die Hunde nicht mehr im

Haus beherbergen.

Franziska erträgt im Stillen ihr liebloses und herzloses Dasein mit den Hunden. In der Nacht weint sie sich ihren Kummer in den Fellen der Tiere von ihrer Seele.

Täglich bringt Anna einen großen Trog mit Futterresten und einen Eimer Wasser. Franziska gibt den Hunden beim Fressen oftmals den Vortritt. Meistens bleibt dann für sie nicht mehr übrig als ein Knochen zum Abnagen. Einmal im Monat, immer dann, wenn der Lieferant kommt, wird sie ins Haus gezerrt und mit eisig kaltem Wasser abgeduscht. Für Franziska ist das der einzige Tag im Monat, auf den sie sich freut. An diesem Tag bekommt sie eine warme Suppe und frisch gewaschene Kleidung zum Anziehen. Die Kleidungsstücke sind ihr allesamt zu groß und geflickt, das ist ihr jedoch egal. Die Suppe ist dünn und nicht sehr nahrhaft. Franziska freut sich irrsinnig, wenn sie nach frischer Seife riecht. Sie liebt den Geruch von Seife und beißt jedes Mal heimlich ein kleines Stück ab und hält es dann ganz fest in ihren kleinen Händen. Den Duft will sie vier Wochen bis zum nächsten Waschen festhalten.

Anna droht ihr mit den Fäusten, wenn sie es wagt, gegenüber dem Lieferanten auch nur einen Ton über ihr Leben preiszugeben.

Meistens jedoch bekommt Franziska ihn nicht zu Gesicht, denn Anna sperrt sie vorher in der Küche ein.

Offiziell existiert Franziska für die Außenwelt nicht. Anna hat die Geburt des Kindes nicht gemeldet. Aus diesem Grund gibt es auch keine Geburtsurkunde. Schulunterricht und andere Kinder kennt sie nicht. Franziska verkümmert seelisch und körperlich. Sie beklagt sich nie und nimmt stillschweigend ihr Leben, wie es ist, Tag für Tag, an. Wenn sich ihre Mutter nur nähert, verfällt Franziska in entsetzliche, panische Angst, und Zuckungen beherrschen ihren Körper.

Franziska beendet gerade ihr sechstes Lebensjahr, als sie an diesem Tag von ihrem Lager hochgezogen und an einen Stuhl gebunden wird. Mit hemmungsloser Gewalt nimmt Anna die Haare des Kindes und rasiert diese bis auf die Kopfhaut. Ein gehässiges Lachen begleitet die Szenerie. Franziska weint und jammert, sie schreit und bittet um Erbarmen; doch diese Frau denkt überhaupt nicht daran aufzuhören.

Je lauter Franziska jammert und schreit, umso mehr ist sie schutzlos dieser Frau, die sich Mutter schimpft, ausgeliefert.

In den darauffolgenden Tagen, Wochen, Monaten wird Franziska von Anna getreten und auf das Schlimmste beschimpft. Oft nennt sie ihre Tochter Mauselaus, denn es bleibt natürlich nicht aus, dass Franziska von Läusen befallen ist und diese auf Anna übergesprungen sind.

Franziska ist dem Sein ihres Lebens hoffnungslos ausgeliefert.

Der Bauernhof, auf dem Franziska geboren wurde, liegt fast dreißig Kilometer von der nächsten Stadt entfernt.

Aus Einsamkeit und Hass gegen sich selbst und gegen alles, was sie umgibt, fängt Anna an, ihren selbst gebrauten Beerenschnaps zu saufen. Von jenem Tag an wird Franziska noch schlimmer und unmenschlicher misshandelt, gequält und verachtet.

Ihre Bedürfnisse muss sie hinter dem eingefallenen Haus erledigen. Es riecht überall bestialisch nach Fäkalien.

Im Winter bekommt sie Decken und eine alte ausrangierte Matratze als Bettlager. So siecht Franziska Monat für Monat dahin, bis sie das achte Lebensjahr erreicht.

Lediglich ihre drei lieb gewonnenen Freunde, die Hunde, geben ihr Trost, Wärme und ein wenig Liebe.

Ihr Körper wird immer schwächer; ihre Kopfhaut ist verkrustet und wund. Ihre roten und blauen Flecken am Körper entwickeln sich zu offenen, eitrigen Stellen. Die vorderen Zähne hat sie mangels Hygiene und Nährstoffen verloren. Der Kiefer ist stellenweise offen und eine eitrige Flüssigkeit verlässt ständig ihren Mund.

Ihre Haut ist schlaff wie die einer alten Frau. Die

Haare verfilzt und brüchig. Franziska ist nur noch Haut und Knochen.

Ihre schmalen, langen Finger sehen aus, als ob diese nicht zu ihrem Körper gehören. Die Fingernägel sind brüchig und rau.

Franziska spricht kaum; sie ist nicht in der Lage, Worte und komplette Sätze im Zusammenhang zu artikulieren. Das Sprachvolumen kommt dem eines dreijährigen Mädchens gleich. Durch das ständige Lutschen an ihren Fingern sind die Knöchel ihrer rechten Hand mit Hornhaut überzogen.

Franziska ist einsam und verkümmert ohne Hoffnung auf Hilfe. Kein Mensch, außer der Mutter, weiß von Franziskas Existenz.

Eines Tages wundert sich Franziska, warum der Körper der Hündin Asta, auf deren Fell sie Nacht für Nacht ihren Kopf bettet, so kalt ist. Franziska rüttelt sie, doch Asta bleibt einfach liegen. Jetzt merkt sie, dass Asta tot ist, und lässt ihrem Schmerz freien Lauf.

Niemand tröstet sie in ihrem Kummer. Sie hat ihre liebste Freundin und Beschützerin verloren.

Als sie ihrer Mutter erzählt, was passiert ist, schubst und verprügelt sie Franziska. Sie tobt und beschimpft sie, anstatt zu trösten.

Am darauf folgenden Tag zieht sie den Kadaver zeternd hinter sich her und entsorgt ihn auf dem nächstgelegenen Acker.

Franziskas Erlösung

Durch einen Zufall hört am folgenden Tag der Lieferant Ottinger, ein kleiner schmächtiger Mann, der regelmäßig die Tauschware bringt, die Schreie und das Jammern von Franziska.

Anna ist nirgends zu sehen; verwundert geht er den Geräuschen nach.

Er findet Franziska verängstigt und verwahrlost in einer Ecke der Ruine, wo sie ihr Dasein fristet.

Herr Ottinger erschrickt zutiefst; unbeholfen rennt er zurück zu seinem Lieferwagen. Nervös sieht er sich um; er hat Angst, der unsympathischen Anna zu begegnen. Geistesgegenwärtig holt er schnell eine Schüssel mit Wasser, ein Stück Brot und eine Flasche Wasser aus seinem Wagen, das er immer auf der Fahrt zu den einzelnen Bauernhöfen bei sich trägt.

Mit hochrotem Kopf rennt er zurück zur Ruine. Unaufhörlich schüttelt er seinen Kopf über das Unfassbare, was ihm gerade an bildlicher Grausamkeit begegnet. Bei dem Anblick Franziskas juckt es ihn überall. Es ist ihm äußerst peinlich, sich vor dem kleinen abgemagerten Mädchen unaufhörlich kratzen zu müssen.

Ottinger flüstert Franziska zu, dass er Hilfe holen werde. Immer noch schockiert von ihrem Anblick rennt er, so schnell es ihm möglich ist, zu seinem Lieferwagen. Gehetzt steigt er ein und vergisst vor lauter Schreck und Hilflosigkeit die restlichen Bauernhöfe zu beliefern. Auf dem direkten Weg fährt er zur nächsten Polizeistation und berichtet von dem Unfassbaren auf dem Hof von Anna Schwarz.

Für Franziska ist dieser Tag ein Festtag! Schnell versteckt sie die wertvolle Ware, die ihr Ottinger geschenkt hat. Freudig wäscht sie sich den Dreck von Gesicht und Händen, soweit sie dies als kleines Mädchen mit acht Jahren tun kann. Ihrer bösartigen Mutter erzählt sie nichts von diesem Besuch.

An dem darauffolgenden Morgen wacht Franziska aus einem bösen Traum auf. Sie hört im Hof ungewohnte Geräusche, die wie Stimmen klingen.

Langsam verlässt sie ihr Nachtlager, betritt barfuß den Hof und geht in Richtung des Gebäudes. Schüchtern und verängstigt, dennoch geschmeidig wie eine Katze auf dem Sprung, bewegt sie sich Richtung Küchentür.

Franziska weiß nicht, was passiert ist! Fremde Menschen sehen sie, als ob sie ein Geist ist, entsetzt an.

Sie erschrickt zutiefst über so viele Menschen und wundert sich, dass ihre Mutter nichts unternimmt.

Herr Perlit, Mitarbeiter der Kripo, sieht das Mädchen verängstigt im Hof stehen. Er geht auf sie zu und nimmt Franziska stillschweigend an ihrer schmutzigen Hand. Beide sprechen keinen Ton.

Verlegen und völlig eingeschüchtert sieht sie den

Mann von der Seite an. Er ist lang und kräftig und er hat Hände, die so groß sind wie die Schaufel, die an der Ecke des Hauses steht. Sein leicht kantiges Gesicht mit dem kleinen dunklen Schnäuzer weckt ein bisschen Vertrauen in Franziska. Seine große Nase steht lang über seinem Kinn hervor. Seine Augen sind durch die buschigen Augenbrauen kaum zu erkennen.

Franziska ist überwältigt und erstaunt, dass es offensichtlich jemanden gibt, der keine Angst vor ihrer Mutter hat.

Als Herr Perlit merkt, dass dieses kleine Mädchen ihn beobachtet, sieht er zu ihr herunter und spricht mit belegter Stimme beruhigend auf Franziska ein, während sie die Räumlichkeiten ihrer Mutter betreten.

»So, kleines Fräulein, wir bringen dich jetzt an einen Ort, wo es dir bestimmt besser gehen wird als hier in dem Saustall.«

Als er die Worte spricht, wandern seine Augen ungläubig durch die Räume, die ein Bild des Ekels bieten. In der Küche stinkt es bestialisch nach Katzen. Überall liegt schmutziges, verkrustetes Geschirr herum. Der Müll stapelt sich in verschiedenen Ecken. Von den Wänden trieft das Fett vom Kochen. Das, was einst ein Badezimmer gewesen ist, ist vollgestopft mit Unrat, sodass Anna sich selbst nicht baden oder waschen kann. Die Toilette ist verstopft und es stinkt nach Fäkalien. Irgendwo ist ein undichter Wasserhahn, der ständig tropft. Der Boden ist aufgeweicht von der eindringenden Feuchtigkeit und in den Ecken des Raumes wachsen Pilze durch den entstandenen Schimmel.

Mit Handschuhen und Mundschutz werden die Katzen aus dem Haus geholt.

Zur selben Zeit greifen zwei kräftige Beamte Anna unter die Arme und wollen sie abführen.

Stockbesoffen strampelt und schreit sie: »Lasst gefälligst die Finger von mir, sonst zeige ich euch wegen Hausfriedensbruch an!«

Die Flasche mit dem selbst gebrauten Schnaps lässt sie dabei nicht los. Schnell eilen noch zwei zusätzliche Polizisten herbei, um diese Frau abführen zu können.

Franziska hört, wie ihre Mutter immer wieder schreit: »Das wirst du bereuen, Franziska Schwarz. Du Bastard! Wegen dir muss ich so ein Leben fristen; warum musste ich dich gebären?«

Franziska hält sich erschrocken und völlig versteift die Ohren zu. Gleichzeitig registriert der Beamte Perlit, dass sie unter sich lässt. Schnell nimmt er die Kleine wieder an die Hand und zieht sie mit sich fort. Er beobachtet, wie Franziska ihre rechte schmutzige Hand in den Mund steckt und wild darauf herumkaut. Er schafft es nicht, die Hand wieder aus ihrem Mund zu lösen.

Hastig und panisch zieht Franziska den Beamten mit sich. Schnell erkennt er, dass sie in die Hütte geht, wo sie selbst ihr Dasein verbracht hat. Als sie ankommen, lässt sie seine Hand los und zeigt ganz aufgeregt auf ihre noch verbliebenen Hunde.

Für den Beamten Perlit bietet sich erneut ein Bild des Grauens. Die beiden Hunde liegen fast verhungert auf der Decke, wo Franziska bis vor noch wenigen Minuten gelegen hat. Die Hunde sind nicht mehr in der Lage, sich zu bewegen. Zu schlapp und abgezehrt liegen sie auf dem Boden. Große offene Wunden zeigen sich, als er um sie herumgeht. Zutiefst erschüttert und angeekelt verlässt er mit Franziska diese hässliche Stätte.

Der Beamte, Herr Perlit, erteilt mit rauer Stimme Anweisungen, was die Hunde betrifft.

Auf Franziska spricht er beruhigend ein und nimmt sie mit zu dem Krankenwagen, der zwischenzeitlich eingetroffen ist. Hier erhält sie die Erstversorgung.

Der Beamte Perlit ist auf das Äußerste entsetzt; er selbst hat zwei Kinder. Erschüttert schwört er, alles zu tun, damit es Franziska in der Zukunft besser gehen wird. Ihm ist klar, dass er sie in das nächste Kinderheim begleiten wird.

Aufenthalt im Augusta-Kinderheim

Im Kinderheim angekommen, begrüßt die Heimleiterin Frau Ilse die kleine Franziska. Frau Ilse ist eine große kräftige Frau mit grauen Haaren und einer Haube auf dem Kopf. Erschüttert sieht sie auf das Häufchen Elend, das vor ihr steht.

Frau Ilse lächelt Franziska beruhigend zu und erklärt ihr, dass Schwester Kathrin sich erst einmal um sie kümmern wird.

Franziska weiß nicht, was passiert, und flüstert immer wieder: »Bitte schickt mich nicht wieder zu der bösen Frau, bitte!«

Tröstend schiebt Frau Ilse Franziska zu Schwester Kathrin.

Schwester Kathrin, eine hübsche blonde Frau mit lustigen Sommersprossen im Gesicht, lacht Franziska schelmisch an. Franziska senkt ängstlich den Kopf und zuckt zusammen.

Vorsichtig und einfühlsam greift Schwester Kathrin Franziskas Hand und führt sie zuerst in die große Waschhalle. Hier stehen mehrere Duschen und zwei Badewannen zur Verfügung.

Schwester Kathrin zieht Gummihandschuhe und Schürze an und hilft Franziska wortlos beim Ausziehen ihrer heruntergekommenen, stinkenden Kleiderfetzen.

Schwester Kathrin erschaudert zutiefst, als sie Franziska ansieht. Das kleine Mädchen ist geschunden und gezeichnet von Hunger und Elend. Ihr Körper wird nur noch durch Haut und Knochen zusammengehalten. Ihr Kopf ist klein und das Gesicht durchsichtig. Die Haut ist schlaff und grau, die Haare verlaust, der Körper voller Pusteln, blauer Flecken und Narben. Ihr Hals zeigt Würgemale auf.

»Meine Güte«, flüstert Schwester Kathrin entsetzt, »wie kann jemand ein Kind so grausam misshandeln und verwahrlosen lassen!«

Franziska bleibt stumm und glaubt im Himmel angekommen zu sein. Staunend, mit weit aufgerissenen Augen sieht sie zum ersten Mal in ihrem Leben eine Badewanne. Es riecht so gut nach frischer Seife; sie liebt Seife so sehr.

Schwester Kathrin hilft ihr in die Wanne. Franziska versteift sich und weiß nicht, was sie davon halten soll. Nie zuvor hat sie in ihrem jungen Leben in warmem Wasser gelegen. Die Wärme des Wassers und die frisch riechende Seife helfen ihr, ihren geschundenen kleinen Körper zu entspannen. Sie will aus dieser Wanne nicht mehr aussteigen; sie hat Angst, dass es nur ein Traum ist und der Traum wie die Seifenblase im Wasser zerplatzt.

Schwester Kathrin holt Franziska, nachdem das Wasser stark abgekühlt ist, aus der Wanne und versorgt sie mit Wundsalbe, damit die offenen Stellen an ihrem Körper heilen können. Mehr kann im Moment nicht getan werden. Die verletzte Seele ist mit Salben nicht zu heilen.

Franziska bekommt neue und frisch riechende Unterwäsche und Kleidung; neben der Kleidung stehen Schuhe. Fragend sieht sie Schwester Kathrin an, die ihr hilft, die schweren Halbschuhe anzuziehen. Schmerzhaft verzieht Franziska das Gesicht, als sie in die Schuhe gezwängt wird. Sie kennt keine Schuhe und sie will auch keine Schuhe tragen. Schwester Kathrin lächelt sie freundlich an und spricht ihr Mut zu. Franziska kommt aus dem Staunen nicht mehr heraus und ist völlig sprachlos. Immer wieder schließt sie ihre Augen und bittet innerlich darum, dass das, was sie gerade erlebt, real ist und bleibt. Sie flüstert leise: »Lass es kein Traum sein.«

Schwester Kathrin nimmt Franziska, die nicht mehr wiederzuerkennen ist, an ihre Hand und führt sie in den Speisesaal. Ihr wird ein Platz an einem Zehnertisch zugewiesen. Schüchtern, mit gesenktem Kopf setzt sie sich. Ihre Tischnachbarin Brigitte, ein Mädchen mit Sommersprossen und roten Haaren, die zu Zöpfen gebunden sind, stupst sie freundschaftlich mit dem Finger in die Seite. Erschrocken dreht sich Franziska von ihr weg.

Franziska bekommt Angst, fürchterliche Angst. Nie zuvor hat sie so viele Kinder auf einmal gesehen. Den Lärm in dem Speisesaal empfindet sie wie gewaltigen Donner.

Jeder Platz im Speisesaal ist mit Namenschildern versehen. Franziska wird, wie den übrigen Kindern, ein Teller mit frisch gekochtem Gemüse und Kartoffeln gereicht. Mit weit aufgerissenen Augen fragt sie sich, was es sein könnte. Vorsichtig nimmt sie ihre Finger und greift in den Teller. Sie kennt es nicht anders und probiert die auf dem Teller aufgelegten Schwarzwurzeln.

Die Schwarzwurzeln schmecken ihr und hastig stopft sie das Gemüse und anschließend die Kartoffeln mit beiden Händen in ihren Mund. Franziska hat Angst, dass ihr das jemand wegisst, der noch mehr Hunger hat als sie.

Die Kinder um sie herum fangen an zu lachen und zeigen mit dem Finger auf Franziska.

Erschrocken und weinend springt sie vom Tisch auf und schmeißt dabei ihren Stuhl um. Sie rennt, als sei der Teufel hinter ihr her, aus dem Speisesaal.

Schwester Kathrin läuft ihr hinterher und versucht sie zu beruhigen. Franziska lässt sich aber nicht beruhigen. Es ist einfach zu viel an diesem Tag geschehen. Diese neue fremde Welt muss sie erst erforschen.

Still sitzt sie den ganzen Nachmittag mit Tränen in den Augen vor ihrem neuen, einem ihr unbekannten Bett. Immer wieder fasst sie die weiße und weiche Bettwäsche an und streichelt diese. Das Abendbrot wird ihr ausnahmsweise auf das Zimmer gebracht. Sie dreht das Brot in ihren Händen und fragt sich, was es ist. So etwas hat sie zuvor in ihrem Leben noch nie gesehen, geschweige denn gegessen. Zum Brot mit Wurst und Käse wird ihr noch ein gut riechender warmer Tee gereicht.

Langsam kauend isst sie das belegte Brot und versucht herauszufinden, wie es ihr schmeckt. Den warmen Tee trinkt sie schlürfend und ganz langsam; auch hier will sie feststellen, wonach er schmeckt. Franziskas Gaumen kennt keinen unterschiedlichen Geschmack.

Franziska kann kaum erwarten, in das verlockende Bett zu steigen. Zu keiner Zeit hat sie jemals in einem sauberen, weichen Bett geschlafen. Ganz vorsichtig und langsam legt sie sich hinein. Sie spürt die weiche Matratze in ihrem Rücken. Sie bewegt ihren Körper im Rhythmus, um das beruhigende Federn der Matratze zu spüren.

Franziska glaubt auf Wolke sieben zu schweben. Sie flüstert in dieser Nacht zum ersten Mal: »Bitte, bitte, lass diesen Traum nie enden – und bitte schicke diese grausame kalte Frau, die sich meine Mutter nennt, in die Hölle.«

Franziska schläft das erste Mal in ihrem Leben traumlos viele Stunden.

Anna wird verurteilt

In der Zwischenzeit muss Anna, Franziskas Mutter, sich vor Gericht verantworten. Nachdem sie zugestimmt hat, an einer Entziehungskur für Alkoholikerinnen teilzunehmen, ist die Verurteilung wegen ausgeprägter Beeinträchtigung und Schädigung der Entwicklung von Kindern, aufgrund unzureichender Pflege und Kleidung, mangelnder Ernährung und gesundheitlicher Fürsorge, zur Bewährung ausgesetzt worden. Die Bewährungszeit beträgt drei Jahre.

Für viele, die der Gerichtsverhandlung beigewohnt haben, ist dies ein viel zu mildes Urteil!

Franziskas körperliche und seelische Entwicklung

Franziska bekommt viel ärztliche Unterstützung, damit sie sich von den Strapazen und den Wunden an ihrem Körper erholen kann.

Ihre Bewegungen sind ab und zu tollpatschig und das gestörte vegetative Nervensystem baut sich nur langsam auf. Sie muss lernen, das Besteck zu halten und sich selbst Brote zu schmieren. Sie muss lernen, ein Glas zu halten, ohne den Inhalt zu verschütten. Sie muss lernen, ihre Schuhe selbstständig zuzubinden, ohne nach vorne überzukippen. Sie muss lernen, die Knöpfe ihrer Bluse zu schließen.

Die Mangelerscheinungen durch die psychische und körperliche Verwahrlosung der vergangenen Jahre haben Franziskas Nerven angegriffen.

Ganz langsam stellt sich eine Besserung ihrer

Feinmotorik ein. Schritt für Schritt gelingt es Franziska, in ein ihr unbekanntes Leben einzutreten. Durch die fürsorgliche Pflege im Kinderheim erholt sich Franziska schneller als erwartet.

Was bleibt, sind die Narben und die Trauer in ihrer Seele und die Angst in ihrem Herzen. Franziska sorgt selbst dafür, dass sie nicht in Erscheinung tritt. Sie will nicht auffallen, sie will nicht berührt und sie will auch nicht angesprochen werden. Sie bleibt verschlossen, ängstlich und introvertiert. Mit Bedacht hält sie Abstand von den übrigen Heimkindern.

Trotz liebevoller Betreuung durch Ärzte und Heimpersonal begleiten Franziska Weinkrämpfe und schreckliche Albträume bis zu ihrem zwölften Lebensjahr. Fast jede Nacht sieht sie das aufgedunsene Gesicht und die kalten Augen ihrer Mutter vor sich.

Franziska reagiert hypersensibel auf Berührungen jeglicher Art. Sie schreit vor Schmerzen, wenn ein Friseur ihren Kopf berührt, um ihre Haare zu schneiden. Alle guten Worte helfen nicht. Franziska tobt und verdreht die Augen, krallt sich mit ihren Fingernägeln in das eigene Fleisch. Sie muss beim Haareschneiden angebunden werden.

Ungeachtet der seelischen und anfangs sprachlichen Störungen entwickelt sich Franziska zu einem intelligenten und neugierigen Kind.

Erstaunlich schnell überwindet sie die sprachlichen Barrieren. Sie bleibt trotz der Fürsorge, die sie umgibt, verschwiegen, misstrauisch und introvertiert. In der Schule kommt sie aufgrund ihrer Defizite sehr langsam voran und besucht zweimal die erste Klasse mit fast neun Jahren. Sie bleibt verschlossen und eine Einzelgängerin.

Ständiges Misstrauen begleitet sie, egal wie sehr die Heimleitung sich ihrer annimmt.

Kein Mensch, kein Mitschüler und Heimpersonal dürfen sie je berühren oder in ihre Nähe kommen. Sofort bekommt sie extreme Schüttelanfälle. Sie fängt plötzlich und ohne Vorwarnung an, am gesamten Körper zu zittern.

Ihre Augen schließen sich zu schmalen Schlitzen, sodass teilweise nur noch etwas Weißes im Augapfel zu sehen ist.

Ihre Lippen presst sie krampfartig zusammen. Schmerzen am ganzen Körper überrennen sie in solchen Momenten. Franziska fällt dann zu Boden und verkrampft vollends. Alle fürchten sich vor ihren Anfällen, die Stunden dauern können.

Im Laufe der Jahre lernt Franziska sich zu beherrschen und fängt an, das Heim als ihr zukünftiges Zuhause anzuerkennen. In der Schule ist ihr Lieblingsfach Handarbeit. Nähen bereitet ihr viel Freude. Wenn sie eine Nadel in der Hand hält, vergisst sie alles um sich herum.

Anna taucht auf

An einem Sommertag, alle Kinder einschließlich Franziska sitzen fröhlich schnatternd am Mittagstisch. Die Heimleiterin, Frau Ilse, kommt bedächtig auf Franziska zugelaufen. Sie hebt ihre Hand und will ihr über den Kopf streicheln, lässt sie jedoch sofort wieder fallen. Sie hat in der Aufregung fast vergessen, dass Franziska nach wie vor Berührungsängste hat. Sie spricht Franziska an:

»Deine Mutter ist gekommen, um dich abzuholen. Sie hat erst jetzt durch das Gericht erfahren, wo du zu finden bist. Ihre dreijährige Bewährung ist abgelaufen. Sie freut sich, dich wieder mit nach Hause zu nehmen. Sie ist sehr krank gewesen, erzählte sie mir.«

Franziska springt vom Stuhl und weicht mit jedem der Worte, die wie Peitschenhiebe auf ihrer Haut zu spüren sind, einen Schritt zurück. Leichenblass sieht sie die Heimleiterin an. Ihr Körper krampft sich so sehr, dass alle Muskeln schmerzen. Franziska wird schlagartig klar, dass sie sich wieder in Richtung Hölle bewegt.

Ihr Krampf löst sich; schreiend und wutentbrannt, sich ständig an den Haaren raufend, rennt sie, als ob ihre Mutter hinter ihr her ist, die Treppen hoch.

Blitzschnell und geistesgegenwärtig schließt sie sich in ihrem Zimmer ein, das sie mit noch einem Mädchen teilt.

Die Heimleiterin ist erschüttert! Mit so einem Ausbruch hat sie nicht gerechnet. Sie ist voll des Mitleides für das arme Kind.

Franziska kann es nicht fassen. Böse schemenhafte Bruchteile ihrer Kindheit ziehen schlagartig vor ihrem inneren Auge vorbei. Sie ist so glücklich gewesen, dass die fürchterlichen Albträume endlich nachgelassen haben.

Wie Schuppen fällt es ihr von den Augen, als sie begreift, woher diese grausamen Träume gekommen sind. Hier, in diesem Heim, fühlt sie sich allmählich geborgen und wohl. Das regelmäßige Essen, das warme Bett und die Schule tun ihrer Seele gut. Nie zuvor hat sie so einen gleichmäßigen Tagesablauf wie hier gehabt – und nun wieder dieser Horror!

Von trübsinnigen Gedanken geplagt, packt sie ihre Habseligkeiten zusammen. An diesem grauenvollen Tag weigert sie sich, das Zimmer zu verlassen.

Ihre bösartige, kaltherzige Mutter wird von der Heimleiterin auf den nächsten Tag vertröstet.

Die Zeit bis zum Einbruch der Dunkelheit scheint für Franziska endlos zu sein. Die Stunden und Minuten werden zur Ewigkeit. Langsam neigt sich der Tag dem Ende zu und macht Platz für die trostlose Nacht. Ihr Entschluss steht fest!

Franziska, das Straßenkind

Leise schleicht sie sich zur Hintertür, zum Lieferantenausgang. Sie weiß, wo der Schlüssel für den Notfall zu finden ist. Wütend und auf das Äußerste angespannt, verlässt sie das Heim ihres Vertrauens und verschwindet in die Dunkelheit.

Die nächsten vier Jahre lebt Franziska auf der Straße. Durch die gesamte Schwäbische Alb hat sie sich innerhalb der vier Jahre durchgeschlagen. Es ist ein Leben ohne Adresse und ohne Besitz.

Täglich muss sie sich einen neuen Platz zum Schlafen suchen. Meistens jedoch draußen, auch wenn es regnet oder sehr kalt ist.

Die meiste Zeit ist Abhängen, Rumsitzen und Nichtstun angesagt. Wer einmal auf der Straße angekommen ist, kommt dort so leicht nicht wieder weg.

Franziska ist zunächst eines der jüngsten Straßenkinder, mit ihren knapp dreizehn Jahren. Sie schließt sich älteren und erfahreneren Jugendlichen an. Franziska verbringt mit ihnen die Nächte unter Brücken, in Rohbauten und in dunklen Ecken.

Ihren Glauben an die schöne, bunte, heile Welt hat sie mit dem Verlassen des Kinderheimes endgültig verloren. Sie will nur noch frei und unabhängig sein und bleiben.

Während sie sanft und gleichmäßig mit ihrer Hand

im warmen Wasser der Badewanne planscht, reist Franziska gedanklich weiter in die traurige Vergangenheit.

Ruth

Schlagartig wird sie in diesem noch warmen Wasser daran erinnert, wie sie das erste Mal ihre Menstruation bekommen hat. Das ist so schockierend für sie gewesen, dass sie unmittelbar daran gedacht hat, ihrem Leben ein Ende zu setzen.

Sie sitzt an jenem bewussten Tag mit Ruth, die schon einige Jahre auf der Straße lebt, zusammen im Innenhof eines Hauses, als es passiert. Sie spürt plötzlich, wie ein Rinnsal von Schleim und Blut an ihren Schenkeln runterläuft. Ohne jegliche Vorahnung bekommt sie Krämpfe im Unterleib, die nicht mehr nachlassen wollen. Zutiefst erschrocken und angeekelt sieht sie an sich herunter.

Sie zittert am ganzen Körper.

Sie hat keine Ahnung, was mit ihr und ihrem Körper passiert. Als Ruth sie so zusammengekauert sieht, packt sie Franziska heftig an den Schultern, schüttelt sie und schreit sie an: »Herrgott noch mal, was zeterst du hier so rum, reiß dich gefälligst am Riemen! Du hast doch nur die Menstruation bekommen. Außerdem ist das in deinem Alter normal.«

Schlagartig löst sich der Krampf und Franziska schaut angewidert an sich herunter. Ruth klärt sie schonungslos über die Dinge, die da noch als angehende Frau auf sie zukommen werden, auf.

Franziska weigert sich von diesem Tage an, sich und ihren Körper anzunehmen. Im Gegenteil, sie fängt an, ihn zu verabscheuen. In solchen Situationen erinnert sie sich wieder an ihre verhasste und bösartige Mutter.

Ruth ist bereits sechzehn und hat ihr Elternhaus mit zwölf Jahren verlassen. Sie kennt das Elend und auch ein Teil von Franziskas bisherigem Leben. Sie kann ihren Frust sehr gut nachvollziehen. Ihre Mutter ist auch Alkoholikerin und ist nicht mehr zu ertragen gewesen.

Ständig ist sie in jungen Jahren in die Kneipe geschickt worden, um Schnaps und Zigaretten zu holen. Ruth war bereits mit vierzehn Jahren schon stark entwickelt und viele haben sie für sechzehn gehalten. Es kotzte sie an, ihre Mutter total besoffen aus der Kneipe zu holen. Von den Burschen, die dort ihr Bier getrunken haben, ist sie mit obszönen Worten bedacht und des Öfteren unsittlich angefasst worden.

Ruth ist eine ausgesprochen hübsche junge Frau mit dunklen langem lockigen Haar. Ihr leicht rundliches Gesicht mit den großen Augen versteht sie vorteilhaft zu schminken. Ihren kleinen Spiegel trägt sie immer bei sich. Ohne Lippenstift geht sie nie auf die Straße. Früh hat sie gelernt, ihre Vorzüge hervorzuheben. Sie trägt ihre rundlichen Hüften und ihren großen Busen gekonnt zur Schau. Sie versteht es, die Kerle verrückt zu machen. Ihr Outfit ist ebenfalls provokativ. Ihre lockigen, dunkelbraunen Haare, die sie schulterlang trägt, versteht sie beim Laufen genauso wippen zu lassen wie ihren Busen.

Ruth schminkt sich regelmäßig, hauptsächlich ihre Lippen, um ihren Schmollmund voll zur Geltung zu bringen. Franziska ist dies oft peinlich. Ruth lacht dann nur und fragt sie, was sie denn meinen würde, woher die Lebensmittel kämen, die sie ständig anschleppt.

Franziska ist im Gegensatz zu Ruth zierlicher gebaut und ihr Körper wirkt muskulöser. Allerdings ist sie fast einundeinhalb Kopf kleiner als Ruth.

Trotz des traurigen Schicksals, das Franziska bis hierher begleitet hat, sind ihre Gesichtszüge mit dem Grübchen in ihrem Kinn weich und lieblich geblieben.

Franziska schnürt ihren Busen immer mit Bandagen zusammen. Sie will kein Mädchen sein und schon gar nicht auffallen!

Als Ruth mitbekommt, dass Franziska, obwohl sie schon lange auf der Straße lebt, über gewisse Dinge nicht aufgeklärt ist, nimmt sie sich ihrer an. Von jenem Tag an sind sie für einige Monate unzertrennlich.

An einem warmen Frühlingstag war das Glück

auf ihrer Seite und sie haben eine Unterkunft bei einem Bauern außerhalb der Stadt gefunden. Dieser hat erlaubt, dass sie in der Scheune übernachten dürfen.

Ruth ist an dem Abend zuvor unterwegs gewesen, um den Proviant für die nächsten Tage zu besorgen. Franziska getraut sich nicht zu fragen, woher sie die vielen Lebensmittel hat. Im Geheimen hat sie sich die Antwort schon selbst gegeben.

Manchmal schämt sie sich für Ruth. Andererseits ist sie froh, eine Verbündete gefunden zu haben, zu der sie ein wenig Vertrauen hat.

An diesem Abend machen es sich die beiden in der Scheune gemütlich.

Ruth hat reichlich Proviant mitgebracht, darunter auch eine Flasche Wein.

Franziska hat nie Alkohol angerührt; sie hat irren Respekt davor, so zu werden wie ihre verhasste Mutter.

Ein Abend voller ungeahnter Harmonie

Ruth überredet Franziska, wenigstens ein Glas Wein zum Essen zu trinken; sie ist der Meinung, dass es einen Grund zum Feiern gibt. Schließlich bekommt man nicht jede Nacht eine gemütliche, warme und geschützte Unterkunft und ein gutes, reichliches Essen.

Es wird ein Festmahl mit Käse, Brot, Wurst und eingelegten sauren Gurken. Der Wein dazu schmeckt köstlich. Nach dem ersten Glas werden beide lockerer und haben viel Spaß.

Sie lachen und erzählen sich Geschichten, die sie auf der Straße tagein, tagaus erleben. Franziska fühlt sich so frei wie noch nie in ihrem Leben.

Schlagartig werden beide still; in diesem Moment liegt etwas in der Luft, was sie nicht begreifen können. Sie sehen sich stumm an und in diesem intensiv gefühlten Augenblick macht sich bei den Freundinnen ein warmes Gefühl in der Bauchgegend bemerkbar.

Sie spüren ein unerklärliches Knistern und einen Hauch von Erotik in der Luft.

Ruth sieht Franziska geheimnisvoll und neugierig mit ihren dunklen Augen an. Sie rückt immer näher an Franziska heran. Vorsichtig fängt sie an, Franziska zu streicheln und ihre Kleidung nach und nach sachte vom Körper zu ziehen.

Beide stehen sich völlig nackt gegenüber und streicheln mit den Augen am Körper des anderen entlang. Langsam schiebt Ruth Franziska ins Heu.

Erst fährt sie sachte über Franziskas Haare, von dort wandern leicht, wie von einer Feder geführt, ihre Hände über ihren Hals zum Dekolleté.

Ruth bemerkt, wie Franziskas Körper sich versteift. Doch sie lässt sich nicht beirren und streichelt sanft weiter, küsst und erkundet sachte deren Körper.

Ruth, völlig angeturnt, nimmt ihre Zunge zur

Hilfe und bewegt diese sanft und einfühlsam in Richtung Franziskas Bauchnabel.

Vor aufkommender Wollust fängt Franziska an zu stöhnen. Gegen dieses Gefühl der Sanftheit und des angenehmen Prickelns auf ihrem Körper kann sie sich nicht wehren. Der Alkohol tut das seine dazu. Langsam wandern Ruths Hände wieder Richtung Dekolleté.

Zunächst vorsichtig, dann forscher zwirbelt sie erregt an den zarten Brustwarzen, die nach kurzer Zeit nach oben zeigen.

Ruth nimmt Franziskas Hand und führt diese an ihren Busen, der ebenfalls prall und fest bei jeder Bewegung hin und her wippt.

Franziska löst sich von ihrer aufkeimenden Gegenwehr und lässt es zu, dass Ruth ihre Hände führt, bis sie an deren Lustzone angekommen ist.

Franziska fängt an Ruth zu streicheln und nimmt auch ihre Zunge zur Hilfe. Ruths Stöhnen turnt Franziska immer mehr an.

Sie hört nicht auf, bis ihre Freundin schwer atmend von ihrem Höhepunkt Franziska wieder zu sich hochzieht und anfängt sie im Gegenzug zu streicheln.

Franziska schießt die Augen und fühlt sich einfach nur noch wohl und genießt die Wärme, die durch ihren Körper strömt.

Ruths warme Finger sind überall gleichzeitig. Ruths Küsse bedecken ihren ganzen Körper und enden an ihrer intimsten Zone. Ruth schiebt ihre Beine weiter nach oben, sodass sie stark angewinkelt sind. Sie stopft ihren dicken Pullover unter Franziskas Po.

Franziska bebt und tobt innerlich vor Wollust. Ihre Finger krallen sich zärtlich in Ruths große Brüste. Franziska hebt ab in den Himmel der Wollust und hofft, dass die Hände nie aufhören werden, sie zu streicheln und zu liebkosen.

Stöhnend und noch von der Wollust gefangen, flüstert sie Ruth ins Ohr:

»Danke, dass du mich in eine andere Welt des Daseins und Fühlens geführt hast.«

Nach diesem Erlebnis bleiben sie Freundinnen und unterwerfen sich gemeinsam dem Gesetz der Straße.

Wird der Hunger zu mächtig, klaut Franziska Lebensmittel im kleinen Stil.

Wenn sich die Kinder und Jugendlichen der Straße in Gruppen zusammentun, würfeln sie darum, wer zum Stehlen auserwählt wird. Jeder muss eine Zahl von eins bis sechs auf dem Würfel wählen. Je nachdem, welche Zahl der Würfel wirft, muss der- oder diejenige dann auf Diebestour gehen. Die gestohlenen Gegenstände werden verhökert und anschließend in Alkohol, Tabak und für die nötigsten Lebensmittel ausgegeben und aufgeteilt.

Alle auf der Straße lebenden Jugendlichen ziehen

am gleichen Strang, so ist das Überleben tragbar. Gewaschen wird sich in den Bahnhofstoiletten. Manchmal trampen sie zu zweit oder zu dritt zu den nächsten Autoraststätten, wo die Möglichkeit besteht zu duschen.

Im Winter übernachten sie oft in Einrichtungen, die für Jugendliche zur Verfügung gestellt werden.

Ab und zu auch in nicht verschlossenen Kirchen oder Kapellen.

Saubere Klamotten besorgen sie sich in sogenannten Kleidercontainern, die einmal im Monat die Tore für Wohnungslose öffnen. Dann stellt sich Franziska neben einen Erwachsenen, sodass es nicht auffällt, wenn sie sich ebenfalls neu einkleidet. Kurz nach ihrem fünfzehnten Geburtstag wird sie durch eine dumme Unachtsamkeit beim Klauen erwischt. Dies ist der Tag, an dem sie Ruth für immer aus den Augen verliert.

Das Jugendgericht

Franziska wird vor den Schnellrichter geführt. Richter Bartel, ein großer Mann mit bösem Blick, schaut Franziska durchdringend an. Sie bekommt schreckliche Beklemmungen bei der Befragung. Gnadenlos stellt er immer wieder die gleiche Frage: »Wo kommst du her, wer sind deine Eltern?«

Franziska sieht mit starren Augen am Richter Bartel vorbei. Kein Wort verlässt ihren Mund.

Widerspenstig und verstockt schweigt sie vor sich hin. Zu den vorgeworfenen Delikten äußert sie sich ebenfalls nicht.

Richter Bartel sieht keine andere Möglichkeit und verurteilt Franziska wegen ihrer Verstocktheit zu einigen Wochen Jugendgefängnis.

Im Jugendgefängnis

Der Knast bedeutet für Franziska die seelische Hölle. Lediglich mit einem schmalen Bett, einem Regal an der Wand, einer Toilette in der Ecke und einem kleinen Waschbecken ist die Zelle ausgestattet. Die Zelle ist klein, trostlos und kahl.

Schlagartig holen die Albträume Franziska wieder ein! Nacht für Nacht liegt sie wach, um den grausamen Bildern zu entrinnen. Panische Angst hindert sie am Einschlafen. Es ist so extrem, dass sie von hohem Fieber und Schüttelanfällen geplagt ist.

Sie wird in das nächstgelegene Gefängniskrankenhaus gebracht.

Geradewegs nach ihrer Genesung erhält sie die Aufforderung, erneut bei Richter Bartel vorzusprechen. Letztmalig gibt er ihr die Möglichkeit, ihre Identität bekannt zu geben.

Franziska schweigt weithin beharrlich.

Aufgrund ihrer Aussagenverweigerung weist

Richter Bartel Franziska in ein Jugendheim für schwer erziehbare Mädchen, in der Nähe von Stuttgart, ein.

Das Urteil lautet: Verbleib im Heim bis zur Volljährigkeit.

Am darauffolgenden Tag wird sie im Bus mit weiteren verurteilten jungen Mädchen in das Erziehungsheim für schwer erziehbare Mädchen gebracht.

Nach ihrer Ankunft muss sie sich als Erstes einer Leibesvisitation unterziehen. Franziska spannt ihren Körper und die Po-Muskeln an, als sie von der Aufseherin nach Drogen an den unmöglichsten Stellen untersucht wird. Franziska versucht ihr zu erklären, dass sie keine Drogen haben kann, da sie ja gerade aus dem Jugendgefängnis direkt hierher verfrachtet worden ist.

Die Aufseherin sieht Franziska nicht einmal an, sondern sie verstärkt ihre Untersuchung auf das Peinlichste. Zusätzlich wird Franziska zur Strafe dafür, dass sie sich geäußert hat, für drei Tage und drei Nächte in einen Bunker gesperrt.

In diesem Bunker gibt es lediglich eine Toilette und ein Waschbecken. Franziska findet die spärliche Einrichtung nicht so schlimm. Die Qual und Pein dieses Bunkers bestehen darin, dass Tag und Nacht das grelle Licht brennt und der Wasserhahn permanent tropft und sich nicht abstellen lässt.

Schließlich, nach drei unendlich langen Tagen

und Nächten, erblickt sie wieder normales Tageslicht.

Mit vier Zimmergenossinnen muss sie sich das Zimmer teilen. Die Fenster sind allesamt wie im Knast vergittert. Franziska bekommt Panik und muss sich mit aller Konzentration zwingen, nicht einen ihrer Anfälle zu bekommen.

Die vier Zimmergenossinnen haben viel mehr auf dem Kerbholz als Franziska. Bei denen geht es um Drogen, deftigen Alkoholmissbrauch und schwere Körperverletzung.

Es ist offensichtlich, dass Christa, ein Meter sechsundsiebzig groß, blond und blauäugig, die Anführerin dieser Gruppe ist.

Christa ist schätzungsweise neunzig Kilo schwer und besteht aus reiner Muskelmasse.

Ihr auffälligstes Merkmal ist das linke hängende Augenlid. Dies verleiht ihr ein verschlagenes Aussehen. Sie sitzt ein, weil sie ihre damalige Lebensgefährtin krankenhausreif geschlagen hat.

Bärbel, die Zweite im Zimmer, ist klein, schmächtig und verschlagen. Mit ihren roten kurzen Haaren und dem Ring in ihrer Lippe sieht sie abgefeimt aus. Sie sitzt ein, weil sie ihren Freund mit einem Messer attackiert hat. Er hat sie wegen einer anderen verlassen. Ilona, die Dritte im Raum, ist von oben bis unten tätowiert. Ihr Gesicht ist hübsch und Franziska kann nicht glauben, dass sie wegen Drogenschmuggels hier einsitzt und gerade erst sechzehn geworden ist. Sie sieht aus, als könnte sie keiner Fliege etwas zuleide tun. Sie ist erwischt worden, als sie in der Schule Drogen verkaufte.

Die Vierte im Bunde ist Simone, eine ebenfalls große, dünne Frau mit einer breiten Nase und zurückgesetztem Kinn. Ihre Augen sind kalt wie Stahl und ihre Lippen blass und dünn. Sie lauert mit ihren Augen wie ein Geier auf seine Beute.

Franziska muss sich innerlich schütteln und strafft instinktiv ihren Körper. Franziska grüßt mit gesenktem Kopf die Insassen dieses Raumes und geht zurückhaltend auf das noch freie Bett zu.

Kurz bevor sie ankommt, stoppt sie Christa mit ihrem Fuß, den sie vor sie stellt. Sie spuckt vor ihr ihren hochgezogenen Rotz auf den Boden. Bevor sich Franziska versieht, packt sie Christa am Genick zieht an ihren Haaren und sagt gebieterisch mit dunkler, hasserfüllten Stimme, die fast wie eine Männerstimme klingt, nur das eine Wort: »Aufwischen!«

Franziska strafft ihre Schultern und will protestierend aufstehen. Dazu kommt sie nicht; zwei andere Frauen, Simone und Bärbel, kommen auf Franziska zu und treten ihr in die Kniekehlen, sodass sie gezwungen ist, zu Boden zu gehen.

Anschließend drücken die Frauen ihr den Kopf mit Gewalt auf das Ausgespuckte.

Franziska muss sich angeekelt übergeben. Ihr

wird unmissverständlich klargemacht, dass Christa der Boss im Zimmer ist.

Franziska hat verstanden und versucht sich so unauffällig wie möglich zu verhalten.

Die Gruppenaufseherin Marlis Berber

Als Franziska die Gruppenleiterin und Aufseherin, Marlis Berber genannt, das erste Mal zu Gesicht bekommt, glaubt sie ihre Mutter wiederzutreffen. Jeden Morgen um sechs Uhr muss sie den abgeschmackten Anblick dieser Frau ertragen. Mit schwarzem Turndress werden alle von der Erzieherin, die selbst einen knallroten Trainingsanzug trägt, über den gesamten Platz gejagt.

Anschließend wird kalt geduscht, im Sommer wie im Winter. Erst danach wird durch eine Sirene zum Frühstück gerufen.

Nach dem Frühstück muss Franziska entweder in Einzelhaft oder zur eingeteilten Arbeit erscheinen. Je nach Lust und Laune dieser Frau Berber.

Zu Mittag sitzt Franziska, wenn es ihr möglich ist, alleine am Tisch und beobachtet Marlis Berber. Der Berber scheint die Mittagsmahlzeit offensichtlich tierischen Spaß zu machen. Oft angelt sie mit ihrer Zunge nach den Käsefädchen, die sie im Gesicht verloren hat, und vertilgt dabei das fettige Weißbrot. Das Fett trieft aus ihren Mundwinkeln und wird von der eigens umgelegten Papierserviette aufgefangen.

Franziska wird übel, wenn sie es beobachtet, dennoch findet sie es faszinierend, dass sich diese Frau so gemeinschaftsunfähig verhalten kann.

Franziska wird es jedes Mal mulmig in der Bauchgegend, wenn sie es mit der Gruppenleiterin Berber zu tun hat. Das nutzt Marlis Berber schamlos aus und missbraucht Franziska zu ihrer Belustigung.

An einem Morgen nach dem Frühsport und vor dem Frühstück wird ihr von Marlis Berber vor versammelter Mannschaft befohlen, den Hühnerstall der Anstalt zu reinigen und zu wachsen.

An einem anderen Tag muss Franziska den Steinboden des Flures vom Hauseingang bis zum Speisesaal mit Schmierseife und Bürste schrubben. Dies dauert in der Regel fast den ganzen Tag.

So und ähnlich wird sie von Marlis Berber gemobbt und gedemütigt.

Das stachelt ihre Zimmergenossen an, denn sie wissen, dass sie die Unterstützung der Marlis Berber haben. Ständig wird sie von den Lesben misshandelt, weil sie sich mit ihnen freiwillig nicht abgeben will. Am schlimmsten ist es, wenn Alkohol und Drogen im Spiel sind. Es ist nie ein Problem für die vier Zimmergenossinnen, sich diese Art von Drogen zu beschaffen. Jedes Mal kommen sie ungehindert damit an der Aufpasserin Frau Berber vorbei.

Eines Nachts wird sie unsanft geweckt und soll Christa und allen Zimmergenossinnen zu Diensten sein. Franziska wehrt sich mit Händen und Füßen. Sie strampelt und schlägt um sich; das wird ihr zum Verhängnis. Blitzschnell wird sie an einen Stuhl gefesselt. Sie sieht, wie eine brennende Zigarette überdimensional auf sie zukommt. Ein Taschentuch in ihrem Mund verhindert, dass sie schreien kann. Christa, die Anführerin, reißt ihr die Pyjamajacke vom Leib und flüstert zu den anderen: »Jede kommt einmal dran; wir werden der kleinen Drecksau schon beibringen, was sie zu tun hat.«

Alle vier berühren mit der glühenden Zigarette ihre Brustwarzen.

Christa nimmt ein nasses Handtuch und verprügelt sie anschließend damit. Nach fünf kräftigen Schlägen reißt sie Franziska brutal den Kopf an den Haaren in den Nacken und flüstert ihr mit Hohn in der Stimme ins Ohr:

»So, mein kleiner Liebling, hast du jetzt kapiert, was du zu tun hast? Oder brauchst du jede Nacht so eine Sonderbehandlung?«

Franziska fällt vor Schmerzen fast in Ohnmacht. Die bedrohlichen Worte von Christa dröhnen wie Hammerschläge in ihren Ohren. Sie bekommt im Unterbewusstsein mit, dass sie vom Stuhl losgebunden und achtlos aufs Bett geworfen wird.

Die Nachtwache, die auf ihrem Rundgang ungewöhnliche Geräusche vernommen hat, schließt unmittelbar die Tür auf und sieht die wimmernde
Franziska nackt und blutend auf ihrem Bett liegen.

Nach diesem Vorfall wird sie in eine andere Ab-
teilung verlegt.

Franziskas Verstümmelung wird nie geahndet,
dafür hat Marlis Berber gesorgt. Franziska hat seit
dieser Attacke jegliches Gefühl in ihren Brustwarzen verloren.

Im Nachhinein ist sie dankbar für diese brutale
Attacke, denn nun muss sie nicht mehr dieser Mar-
lis Berber begegnen, die ihrer Mutter wie eine
Zwillingsschwester ähnelt.

Franziska wird in einem Nebengebäude unterge-
bracht und unmittelbar in der Näherei als Arbeits-
kraft eingesetzt. Schnell wird erkannt, dass Franziska ein Talent für das Schneidern mitbringt.

Es gelingt ihr, Vertrauen zu Iris, der Leiterin der
Nähabteilung, aufzubauen. Iris ist schon seit zwölf
Jahren in diesem Heim und kann gut unterscheiden,
wer hierhin gehört und wer nicht.

Iris ist eine schmächtige, unscheinbare Frau mittleren Alters. Ihr Gesicht ist schmal und ihre Nase
lang und dünn. Die meisten Mädchen machen sich
heimlich lustig über sie. Die Haare von Iris sind
sehr spärlich und deswegen hat sie sie als Zopf gebunden. Sie lächelt selten, dennoch ist sie nicht un-
freundlich zu den Insassen.

Franziska ist fast zweieinhalb Jahre in diesem Heim. Sie kreiert mit Leidenschaft Jacken, Blusen und Kleider. Die dafür geeigneten Stoffe sucht sie eigenständig aus.

Alle drei Monate gibt es öffentliche Verkaufstage. Angeboten wird an jenen Tagen selbst geschneiderte Kleidung.

Franziska schafft es, für ihre Produktion eigenständig außerhalb der Anstalt einkaufen zu dürfen.

Franziska plant ihre Flucht

Es sind ja nur noch vier Wochen bis zu meinem achtzehnten Geburtstag, spricht sie sich immer wieder selbst Mut zu.

Bei dem Freigang zum Einkauf in der Stadt ist Franziskas Begleitung durch die wunderschönen Stoffe abgelenkt.

Leise und flink verlässt Franziska den Stoffladen und verschwindet in der Menge der Menschen.

Aus der Tageszeitung hat sie erfahren, dass in diesem Jahr die Volljährigkeit von einundzwanzig auf das achtzehnte Lebensjahr heruntergesetzt worden ist.

Für Franziska ist dieses Gesetz eine seelische Befreiung. Sie glaubt daran, dass sie für diese paar Wochen nicht mehr gesucht werden wird. In ihrem

Hirn brennen sich Worte ein, die sie immer wieder-holt: *»Endlich kein Versteckspiel mehr, endlich keine Angst mehr, endlich nicht mehr eingesperrt werden, endlich über mich selbst bestimmen dür-fen, ob ich leben oder sterben will.«*

Nach der Flucht entschließt sie sich , Stuttgart zu verlassen. Zu groß ist die Gefahr, gefunden und für die restlichen Wochen bis zu ihrem achtzehnten Geburtstag wieder eingesperrt zu werden.

Per Anhalter trampt sie einige Tage, bis sie Bruchsal erreicht hat. Hier will sie sich eine be-stimmte Zeit aufhalten.

Sie erfuhr von einer Insassin ihres letzten Aufent-haltes, dass die Unterkunft für Wohnungslose in Bruchsal angenehm ist und sie nicht auffallen wird. Franziska entschließt sich, diese Unterkunft für ei-nige Tage zu nutzen, bis sie einen Job gefunden hat. Es sind ja nur noch knapp drei Wochen bis zu ih-rem achtzehnten Geburtstag, tröstet sie sich immer wieder selbst.

Zurück in der Gegenwart

Immer noch in ihrer Vergangenheit gefangen, spielt sie mit den Fingern im fast kalten Badewas-ser.

Still flucht sie vor sich hin: »Warum mussten ge-rade mir diese drei dunklen Gestalten über den

Weg laufen?«

Sie hört, wie Martha wild an die Tür klopft und ruft: »Hallo Franziska, ist alles in Ordnung? Sie sind schon so lange da drin. Das Wasser muss ja schon kalt sein.«

Franziska spürt, dass das Badewasser wirklich eine unangenehme Temperatur erreicht hat. Sie versucht ihre düsteren Gedanken, die sich mit ihrer Vergangenheit befassen, abzuschütteln.

»Ja«, sagt sie laut und selbstbewusst zu sich selbst: »Abschütteln wie faule Äpfel, die von den Bäumen fallen, und das für immer«!

Franziska versucht noch einmal den beruhigenden Duft von Lavendel einzuatmen. Ihre Glieder schmerzen noch heftig, trotz des wohltuenden warmen Wassers.

Behutsam steigt sie aus der Wanne, tupft vorsichtig ihre geschundene Haut und betrachtet sich kritisch im Spiegel.

Im Moment ist sie mit sich und ihrem Spiegelbild zufrieden.

Ihre langen dunkelbraunen Haare frisiert sie ausnahmsweise streng nach hinten, sodass ihre Stirn frei ist.

Das gibt ihr ein erwachsenes Aussehen.

Ihr ovales Gesicht ist schmal geworden; ihre mandelförmig geschnittene Augenform, die sanft geschwungenen Lippen und die schlanke, gerade, kleine Nase mit den wenigen Sommersprossen unterstreichen die Feinheit ihres Gesichtes. Ihre Haut ist durchsichtig und blass. Die dunkelbraunen klaren Augen sind von dichten Wimpern umrandet.

Die Kleidung, die sie angezogen hat, sieht zwar eigenartig aus, trotzdem passt sie, wie für sie geschneidert. Die Cordhose ist schmal geschnitten. Die bunt karierte in Blau gehaltene Bluse unterstreicht ihre eher muskulöse Figur. Franziska hat ein schmales Becken und nur leicht angedeutete weibliche Kurven.

»Kopf hoch, Franziska«, spricht sie sich trotzig und aufmunternd selbst Mut zu und schaut ihr Spiegelbild an.

»Franziska, sind Sie fertig, können wir frühstücken?«, ruft Martha zum wiederholten Mal. Franziska antwortet selbstbewusst

»Ich bin gleich da.«

In der Küche angekommen, riecht es nach frischem Brot und Kaffee. Bei diesem Anblick und dem Kaffeeduft fängt Franziskas Magen laut an zu knurren. Sie ist sehr hungrig, denn in den vergangenen Tagen hat sie kaum Gelegenheit gehabt, etwas Essbares zu sich zu nehmen. Während des Frühstückes schaut sie sich um und bemerkt, dass die Einrichtung noch aus den Fünfzigerjahren ist, so wie die bunte Bluse, die sie trägt.

Sie beobachtet Martha, während diese Kaffee eingießt, und sieht, wie ein leichtes Lächeln ihre Lippen verlässt.

Franziska schätzt Martha um die sechzig. Martha ist klein und ihre Figur rundlich. Die graue Haarpracht hat sie zu einem Dutt zusammengebunden. Der Dutt umrahmt ihr kantiges, leicht gerötetes Gesicht. Die tiefen Furchen und Falten in ihrem Gesicht spiegeln ein turbulentes Leben wider. Das große dunkle Muttermal mit einem Härchen daran lässt sie eigentümlich erscheinen. Die Zahnlücke im Mund passt überhaupt nicht zu Marthas Erscheinungsbild.

Die abgetragene und mit Fettfingern versehene Kittelschürze, die sie trägt, lässt sie schludrig aussehen.

Franziska sieht sofort das Bild ihrer Mutter wieder vor sich. Schnell wischt sie es symbolisch mit ihrer Handfläche von der Stirn.

Martha wirkt trotz der Merkmale, die Franziska registriert hat, sympathisch und ausgeglichen. In ihren Augen erkennt sie Güte, Schwermut und Trauer zugleich.

»So, mein Kind«, unterbricht Martha die Stille und Franziskas Gedanken. »Wenn Sie möchten, würde es mich freuen, wenn Sie mir erklären können, warum so ein junges hübsches Ding wie Sie mitten in der Nacht bei fremden Menschen so verschmutzt und völlig desorientiert klingelt.«

Franziska genießt ihren heißen Caro-Kaffee und

isst eine Scheibe Brot mit Marmelade. Sie hofft so, die komische Situation zu überbrücken. Sie weiß nicht so richtig, wo sie anfangen soll. Sie ist der Auffassung, dass ihre gesamte Lebensgeschichte bis zum heutigen Tag sowieso niemand glaubt. Dies hat sie schon mehrfach bitter erfahren müssen; bei solchen Lebensgeschichten wird man schnell als Lügner abgestempelt. Aus diesem Grund mag sie es einfach nicht mehr erzählen.

Der freundliche und warme Blick von Martha gibt ihr jedoch Mut.

Was soll mir denn schon passieren?, sinniert sie vor sich hin. *Ist doch eh alles egal. In drei Wochen werde ich volljährig und kann endlich meine Geburtsurkunde beantragen und so meine Existenz beweisen.*

Trotzdem entschließt sich Franziska dazu, lediglich von dem Mord und der Verfolgung zu erzählen. Wie von einer Last befreit, sprudelt es nach diesen Gedanken ohne Punkt und Komma aus ihr heraus. Wie ein Wasserfall erzählt sie all das bisher Erlebte, seit sie in Bruchsal angekommen ist.

Als sie mit ihrer Geschichte fertig ist, lehnt sie sich trotzig und aufrecht auf dem alten Sofa zurück und kreuzt zur Unterstützung ihrer Worte ihre Arme. Sie selbst kann das Geschehene nicht wirklich nachvollziehen, wie soll es dann ein anderer tun? Wie sie das alles bisher überlebt hat, weiß sie nicht zu sagen. Die ständige Frage, die Franziska

Tag und Nacht quält, ist das Warum.

Martha unterbricht sie nicht ein einziges Mal bei ihrer Erzählung.

Als sie geendet hat, schaut Martha Franziska nachdenklich an. »Du musst die Polizei verständigen. Ich darf dich doch duzen, das macht vieles einfacher«, spricht Martha aufgeregt weiter. »So oft bekommt man ja nicht ein Mordgeschehen erzählt. Es ist möglich, dass diese Kerle dich suchen. Selbstverständlich kannst du so lange du es möchtest hier wohnen bleiben. Weißt du, als meine Tochter gestorben ist, war sie so jung, wie du jetzt bist.«

Martha kann ihre Tränen nicht zurückhalten, als sie weitererzählt.

»Meiner Tochter Gertrud wurde gewaltsam das Licht des Lebens ausgelöscht. Ihr Mörder, ebenfalls ein junger Mann, der drei Jahre älter war als meine Kleine, ist mangels Beweisen freigesprochen worden. Seine Eltern behaupteten steif und fest, dass er an dem besagten Tag zu Hause gewesen ist. An seinen Kleidern ist Blut gefunden worden. Er hat damals behauptet, dass er ihr helfen wollte, aber festgestellt hat, dass sie schon tot gewesen ist. Dann ist er aus Angst vor eventuellen Konsequenzen abgehauen. Er war fast selbst noch ein Kind, als das passierte. Die Kleidung, die du trägst, erinnert mich schmerzlich an sie. Bitte mache dir keine Gedanken darüber, denn im

Grunde bin ich darüber hinweg. Mein Sohn Horst ist nie darüber hinweggekommen, denn er gibt sich heute noch die Schuld an ihrem Tod. Er war der Meinung, dass er hartnäckiger hätte sein müssen, sie zu begleiten. Sie hat es aber nicht zugelassen. Horst habe ich seit mindestens fünf Jahren nicht mehr zu Gesicht bekommen. Keiner weiß, wo er sich aufhält. Mein Mann Gustav ist leider 1947 an Lungenkrebs gestorben. Das Haus, in dem ich wohne, zerfällt so langsam, wie du sicherlich schon bemerkt hast. Aber inständig hoffe ich immer noch, dass mein Sohn zu mir zurückkehren wird. Wie du siehst, hat jeder sein Päckchen zu tragen, der eine mehr, der andere weniger.«

Franziska ist über Marthas Offenheit sehr verblüfft.

Betretene Stille beherrscht die Küche!

Martha versucht die unangenehme Situation zu unterbrechen und fragt Franziska: »Kannst du einen von den beiden, die dir gefolgt sind, beschreiben? Es würde der Polizei helfen, wenn sie eine Beschreibung der Täter bekämen.«

Franziska überlegt, bevor sie auf diese Frage antwortet.

»Ja, kann ich. Ich bin eine gute Zeichnerin. Vielleicht gelingt es mir, ein Porträt zu zeichnen, zumindest von dem einen, den ich schmerzhaft getreten habe.«

Am frühen Nachmittag des gleichen Tages sitzt Franziska vor einem weißen Blatt mit einem Bleistift in der Hand und fängt an die Umrisse eines Mannes anzufertigen. Nebenbei erwähnt sie, dass dieser Kerl das Messer geführt hat. Martha schaut Franziska gebannt über die Schulter, als die Zeichnung Konturen annimmt.

Längliche Kopfform, schmale Lippen, dunkle Brille, ungepflegter Dreitagebart, mittelblonde lange Haare, die durch einen Zopf zusammengehalten werden. Jetzt spricht Franziska ihre Gedanken laut aus.

»Er trägt eine Kappe verkehrt rum, also das Schild nach hinten. Er ist ungefähr ein, Meter sechsundsiebzig groß und schlank. Er ist ein T-Shirt-Typ.«

Jetzt zeichnet Franziska auf den linken Unterarm die Tätowierung einer Rose mit Tautropfen und spricht weiter: »Am rechten Ohrläppchen trägt er einen Ohrring der eine Schlange zeigt.«

Sie hält die fertige Zeichnung Martha vors Gesicht. Martha reagiert verblüfft auf diese Zeichnung und murmelt vor sich hin: »Das kann doch nicht sein, irgendwie kommen mir die Augen und die Kinnpartie bekannt vor. Was denkst du, Franziska, wie alt könnte er gewesen sein?«

Franziska antwortet, noch gefangen in ihrer Zeichnung, die sie mit meinem Strich fertigstellt:

»Ich denke, so zwischen vierunddreißig und sechs-unddreißig Jahre, so genau kenne ich mich damit nicht aus.«

Erschrocken geht Martha einen Schritt zurück und eine dunkle Ahnung beschleicht sie. Abrupt wechselt sie das Thema und nimmt so nebenbei Franziska die fertige Zeichnung aus der Hand. Sie bittet Franziska, beim Aufräumen zu helfen.

Martha bietet ihr an, so lange zu bleiben, bis sie eine brauchbare Unterkunft gefunden hat.

Franziska ist nicht abgeneigt, so kann sie sich, bis sie endlich achtzehn ist, einen Job suchen, damit sie sich anschließend ein kleines Zimmer mieten kann. Gerne nimmt sie das Angebot, einige Tage bei Martha zu bleiben, an.

Franziska freut sich einen Wolf, vorerst eine Bleibe zu haben, zumal ihr die alte Dame ja nicht unsympathisch ist.

Die kommenden drei Wochen vergehen wie im Flug.

»Endlich achtzehn«, jubelt Franziska fröhlich.

Sie weiß zwar nicht genau, an welchem Tag sie achtzehn wird, das ist ihr aber im Moment egal. Sie selbst hat sich als Geburtstag den fünfundzwanzigsten September ausgesucht.

Sie feiert mit Martha ihren Geburtstag.

Martha stellt einen selbst gebackenen Hefezopf mit einer kleinen Kerze drin auf den Tisch und schmettert das kleine Lied »Alles Gute zum Geburtstag«.

Franziska ist gerührt und Tränen kullern ihr über das zarte Gesicht. Sie kennt solch eine emotionale Rührung, wie sie sich gerade bei ihr innerlich abspielt, nicht.

Endlich kann sie ihre Geburtsurkunde beantragen, die beweist, dass sie eine existierende Person ist. Laut sagt sie mehr zu sich selbst als zu Martha: »Erst die Geburtsurkunde, dann den Personalausweis und danach endlich frei sein!«

Dieser Gedanke beflügelt sie.

Franziska hat sich in den paar Tagen nach den Geschehnissen gut erholt. Das hat sie ihrem jungen Körper zu verdanken. Die Tage und Wochen fliegen dahin. Den Mord und die Zeichnung hat sie völlig in die hinterste Ecke ihres Gehirns verdrängt. In Marthas Haus fühlt sie sich inzwischen einigermaßen wohl.

Sie fühlt sich stark genug, die nächsten Hürden ihres jungen Lebens zu nehmen.

Sie hat sich fest vorgenommen, die Zeichnung endlich bei der Kripo abzugeben und sich als Zeugin für den Mord zur Verfügung zu stellen. Sie will mit der grausigen Vergangenheit abschließen und ein neues Leben beginnen. Sie ist davon überzeugt, dass der Mörder noch nicht gefasst worden ist.

Martha jedoch versteht es, Franziskas Vorhaben immer wieder zu blockieren.

Franziska denkt sich nichts dabei und vergisst aufgrund der Arbeit, die im Haus anfällt, die Zeichnung völlig. Sie hat ein handwerkliches Geschick, so repariert sie an dem herunter -gekommenen Haus, was sie selbst reparieren kann.

Ein Bekannter von Martha hilft ihr dabei, die Wände zu streichen und den brachliegenden Dachboden provisorisch auszubauen. Nach und nach gewinnt Martha das Vertrauen von Franziska. Martha macht ihr den Vorschlag, im Dachboden ihr eigenes Reich einzurichten.

Franziska kann nicht glauben, dass das Blatt sich für sie zum Guten gewendet haben soll.

Für Martha war der Einzug von Franziska ein Segen. Sie freut sich, dass wieder Leben in ihr Haus eingekehrt ist.

Martha blickt zurück in ihre Vergangenheit

Traurig gedenkt sie der Geschehnisse der letzten Jahre. Marthas Mann Gustav ist bereits 1947 an Krebs gestorben. Ihre beiden Kinder, Gisela, gerade dreizehn Jahre, und Horst, erst sechs Jahre alt, sind noch sehr klein.

Martha musste in dieser ohnehin schwierigen Zeit beide Kinder alleine großziehen. Trauer hat für sie keinen Platz; dies bedauert sie sehr oft.

Ihre Tochter Gisela stirbt bereits mit sechzehn

Jahren einen gewaltsamen Tod.

Horst, ihr Zweitgeborener, überwindet nie den Tod seiner Schwester. Er wird aufsässig in der Schule und entwickelt sich zu einem Proleten.

Martha muss tatenlos zusehen, wie ihr Sohn, je älter er wird, immer mehr in ein zweifelhaftes Milieu absackt. Das Schlimmste für sie ist, keinen Zugang mehr zu seinem Herzen zu finden.

Die Witwenrente, die sie bekommt, reicht hinten und vorne nicht. Deshalb müssen die beiden Kinder auf einiges an Wohlstand verzichten.

Wenn es ihr gesundheitlich möglich ist, geht Martha in öffentlichen Toiletten putzen. Das wird ihr Sohn Horst ihr nie verzeihen. Er ist es auch, der ihr die Schuld am Tod seiner Schwester gibt.

Horst hat Martha in seinen jungen Jahren geschworen, den Mord an seiner Schwester zu rächen.

Als Martha Horst mit viel Mühe eine Ausbildung als Schlosser besorgt hat, bricht er diese nach kurzer Zeit ab und verschwindet.

Ab und an kommt er zurück, wenn er umsorgt werden will. Martha verzeiht ihm jedes Mal, indem sie sich selbst ins Gewissen redet, dass er immer noch ihr Sohn ist.

Eines Tages ist das Fass zum Überlaufen gekommen. Als Martha ihn wieder einmal, heruntergekommen, aufgenommen hat, stiehlt er ihr das bisschen Rente für den ganzen Monat.

Stillschweigend hat sie auch das hingenommen und hofft tagtäglich, dass ihr Sohn Horst zur Vernunft kommen wird.

In den letzten Tagen denkt sie so oft an das Vergangene, so auch an diesem Tag.

Martha wird schlagartig aus ihren Gedanken gerissen, als es an der Haustür klingelt. Seufzend ruft sie nach Franziska und bittet sie, nachzusehen, wer denn etwas von ihr will.

Selbstverständlich kommt Franziska dieser Bitte nach und öffnet die Haustür. Vor ihr steht der Sohn der Metzgerei von nebenan.

Dieser Laden besitzt als Einziger ein Telefon in dieser Siedlung. Als Franziska vor ihm steht, wird der junge Bursche verlegen. Er hat nicht mit einer so jungen hübschen Frau gerechnet.

»Ja bitte?«, fragt Franziska fröhlich. Innerlich amüsiert sie sich köstlich, als sie mitbekommt, dass der junge Bursche verlegen zu stottern anfängt und dabei ganz rote Ohren bekommt.

»Öhm, jemand möchte die alte Dame des Hauses sprechen.«

Franziska ruft nach oben und erklärt Martha, wer vor der Tür steht. Martha jedoch bittet Franziska, das Gespräch entgegenzunehmen. Also geht sie mit dem jungen Mann, der, wie sich herausstellt, Martin heißt, zurück in die Metzgerei und nimmt den Hörer entgegen:

»Mit wem spreche ich«?, wispert Franziska in den Telefonhörer.

Am anderen Ende der Leitung spricht eine männliche, ihr bekannte Stimme: »Hallo, ich verstehe Sie ganz schlecht, ist Frau Groß nicht zu erreichen?«

»Doch, doch, sie hat im Moment nur keine Zeit. Kann sie eventuell später zurückrufen?«, antwortet Franziska zurückhaltend.

»Nein, schon gut«, hört sie wieder die Stimme, die ihr so bekannt vorkommt, die sie jedoch nicht einzuordnen weiß.

»Ich melde mich wieder«, sagt der Mann am anderen Ende der Leitung und legt ohne einen weiteren Kommentar den Hörer auf.

Franziska steht mit einem Fragezeichen im Gesicht in der Metzgerei und überlegt verzweifelt, woher sie verdammt noch mal diese Stimme kennt. Auf dem Rückweg zu Martha grübelt sie weiter vor sich hin, wer der Anrufer gewesen ist. Als sie wieder bei Martha ankommt, fragt diese voller Neugier Franziska: »Was war denn so wichtig, dass sich irgendwer die Mühe macht, mich anzurufen? Wer war denn der Anrufer?«

Immer noch grübelnd, woher sie diese Stimme kennt, antwortet Franziska geistesabwesend: »Hat er nicht gesagt, er versucht wieder anzurufen.«

Es sind einige Wochen ins Land gezogen und Franziska ist immer noch nicht bei der Polizei gewesen.

Martha ist der Meinung, dass sie das Geschehene schnell vergessen soll.

Franziska vertraut ihr und schiebt den Gedanken, die Zeichnung abzugeben und Anzeige zu erstatten, immer weiter nach hinten.

Franziska hat sich auf dem Dachboden ein gemütliches Zimmer für wenig Geld eingerichtet.

Martha besorgt ihr Näharbeiten in Heimarbeit. So trägt sie zum Unterhalt bei Einen Teil des Geldes kann sie für sich selbst für die zu beantragenden Papiere sparen.

Franziska näht zwischenzeitlich so geschickt, dass ihr die Firma, für die sie tätig ist, die Stoffreste überlässt. So näht sie für sich selbst und Martha das ein oder andere schicke Kleidungsstück. Das gefällt ihr gut und gibt ihr Selbstbewusstsein.

Franziska ist mit der Mode immer auf dem neusten Stand. Der karierte oder einfarbige Rock aus mehreren Bahnen ist modisch ein Renner. Dazu trägt sie Poloblusen, deren kurze Halsausschnitte bis oben zugeknöpft werden können. Die Blusen, die sie für sich selbst schneidert, sind körperbetont. Sie trägt sie mit Gürtel, um ihre Taille zu betonen. Die Mode erinnert an den rumänischen Trachtenstil. Ihre Hosen näht sie mit Schlag, der immer noch modern ist.

Franziska hat gelernt, sich sportlich und doch elegant zu kleiden.

Durch die vielen Aufträge von Näharbeiten verdient sie ganz gutes Geld. Es macht ihr einen Heidenspaß, Mode für sich selbst zu entwerfen und zu nähen. Durch die guten Nähaufträge kann sie sich, wie sie es selbst nennt, Luxus leisten. Ab und zu geht sie in Tanzbars, die ab 22:00 Uhr öffnen. Hier lässt sie es dann richtig krachen. Franziska liebt das Tanzen; sie hat herausgefunden, dass Tanzen frei und locker macht.

An Tanzpartnern mangelt es ihr nicht. Bewundernde Blicke begleiten sie und ihre Tanzpartner überhäufen sie mit Komplimenten, die sie gerne annimmt.

Mehr jedoch nicht!

Es macht ihr Spaß, sich in Pose zu stellen und die Typen heiß zu machen. Noch mehr Vergnügen bereitet ihr, sie anschließend im Regen stehen zu lassen.

Der vergangene Horrortrip gerät allmählich in weite Ferne. Die Abenteuer des Lebens haben dazu beigetragen, dass sich Franziska zu einer hübschen, jungen, attraktiven und interessanten Frau entwickelt hat.

Sie strahlt Selbstbewusstsein aus; jedem, dem sie begegnet, ist klar, dass sie sich die Butter nicht vom Brot nehmen lässt.

Nichts erinnert sie mehr an die abscheuliche Vergangenheit ihrer Kindheit.

Unerwarteter Besuch

Franziska ist an diesem Morgen allein im Hause.

Martha macht gerade ihre wöchentlichen Einkäufe, als es wild an der Haustür hämmert.

»Ja, ja, Moment, ich komm ja schon«, ruft sie, erbost darüber, dass derjenige offensichtlich keine Zeit mitbringt. Sie rennt die Treppe vom Dachboden nach unten. Sie öffnet die Haustür und will gerade unwirsch den Besucher zurechtstutzen.

Doch es kommt anders!

Unbarmherzig trifft ein dumpfer Gegenstand ihren Kopf. Sie sackt lautlos in sich zusammen und die Dunkelheit wird ihr Begleiter.

»Aufwachen, wach doch endlich auf!«, hört sie wie aus weiter Ferne die Stimme von Martha. Mehrfach spürt sie leichte Schläge auf ihre Wangen.

»Was ist denn mit dir passiert?«, ruft Martha völlig außer sich und wedelt wie wild mit einem feuchten Tuch vor ihrer Nase herum. Orientierungslos kommt Franziska nach einer gefühlten Ewigkeit zu sich. In ihrem Kopf fährt die Achterbahn unaufhaltsam rauf und runter. Eine Faust drückt ihr mit aller

Macht in den Magen. Schweiß steht ihr auf der Stirn, nicht fähig, auch nur ein Wort zu sagen. Gegenwärtig sieht sie vor ihrem inneren Auge die Vergangenheit, die sie schlagartig wieder einholt.

Martha schreit aufgeregt und hysterisch: »Bist du die Treppe runtergefallen?«

Franziska schüttelt nur entgeistert den Kopf. Sie weiß ja selbst nicht, was passiert ist. Es ist so blitzschnell gegangen.

»Ich habe nur einen Schlag auf den Kopf gespürt«, murmelt Franziska.

»Mein Gott, Kind, du blutest ja am Kopf! Was war denn los?«

Langsam antwortet Franziska: »Keine Ahnung; es hat geklingelt und ich habe die Tür geöffnet. Dann hat mir jemand, ohne weitere Vorwarnung, eins übergebraten.«

»Hast du denn jemanden erkannt?«, fragt Martha immer noch entsetzt. »Wir werden die Polizei rufen, so kann es nicht weitergehen.«

Instinktiv, sie weiß nicht warum, fasst Franziska Martha am Handgelenk und bittet sie, mit der Polizei noch zu warten. Sie will selbst hingehen und die Zeichnung, wie es ihr gerade wieder siedend heiß einfällt, abgeben. Jetzt kann sie ja nicht mehr eingesperrt werden, da sie nun volljährig ist.

Franziska hat sich fest vorgenommen, nach diesem heutigen Vorfall endlich den Gang zur Polizei durchzuziehen.

Doch der Vorfall wird von beiden bald vergessen. Franziska ist sehr stark in die Näharbeiten eingebunden. Sie freut sich, dass sie so einiges verdienen kann, und zählt die Tage, um bald auch finanziell unabhängig zu sein. Sie weiß, dass sie hier nicht ewig bleiben kann. Sie will ihr Leben wieder selbst in die Hand nehmen und frei und unabhängig sein. Martha erzählt sie noch nichts von ihrem Vorhaben.

Seit dem Übergriff in der letzten Woche wird Franziska immer unruhiger.

Sie kann kaum noch schlafen und die innere Angst und Unruhe treibt sie langsam, aber sicher aus dem Haus. Martha hat den Vorfall offensichtlich schon vergessen.

Franziska kann nicht wissen, dass es Horst, der Sohn von Martha, gewesen ist, der sie bewusstlos geschlagen hat.

Martha schützt und versteckt ihren Sohn Horst, ohne dass Franziska auch nur die leiseste Ahnung hat.

Offensichtlich ist Blut doch dicker als Wasser.

Martha befindet sich in einer Zwickmühle; einerseits ist es ihr Sohn, andererseits will sie Franziska nicht verlieren. Sie ist froh, dass wieder Leben in dieses Haus eingekehrt ist. Also bietet sie Horst einen Unterschlupf im Keller. Der ist wütend und sauer auf Franziska, die es sich im Dachgeschoss gemütlich gemacht hat.

Martha muss für einen Tag in die Klinik und hofft darauf, dass alles gut geht. Horst wird sich nicht aus seinem Versteck wagen. Er weiß, dass er nach wie vor von der Kripo gesucht wird.

Martha redet ihm ein, dass nur Franziska es in der Hand hat, ob er einsitzt oder nicht.

Wenngleich Martha Horst gewarnt hat, geht sie am frühen Morgen mit mulmigem Gefühl aus dem Haus.

Das wird Franziska zum Verhängnis und wird ihr Leben erneut verändern!

Horst

Es ist Montag, der zwölfte November 1975, und ein nasskalter Tag, an dem man nicht einmal einen Hund vor die Tür jagt.

Franziska sitzt summend und völlig entspannt in ihrem kleinen gemütlichen Zimmer im Dachgeschoss an ihrer Nähmaschine. Sie hat sich vorgenommen, ihren großen Auftrag noch heute fertigzustellen.

Unwirsch und ohne jegliche Vorahnung wird sie gepackt und ihre schmalen Schultern werden von starken Händen nach hinten gedrückt. Ihr Kopf wird mit brachialer Gewalt festgehalten und das Letzte, was sie mitbekommt, ist der Geruch eines nach Alkohol riechenden Lappens, der ihr vor Mund und Nase gehalten wird.

Sie fällt gnadenlos in die Dunkelheit.

Franziska kommt wieder zu sich und ihr ist speiübel.

Nach und nach erfasst sie die Situation, in der sie sich befindet.

Schreckliches sieht sie auf sich zukommen!

»Lass mich, lass mich!«, schreit Franziska bettelnd und fleht ihren Peiniger an.

»Lass mich los, was willst du von mir!«

Ihre Arme schmerzen und mit Schrecken muss sie feststellen, dass sie gehindert wird, sich zu wehren. Ihre Hände kreuzen sich gefesselt am Kopfende des Bettgestelles.

Ihre Beine hat das Monster gespreizt an das Fußende des Bettes gebunden.

Etwas Klobiges, Großes, Glitschiges macht sich an ihr zu schaffen. Es stinkt nach Schweiß und Alkohol.

Jetzt erkennt sie Horst, den Mann, der das Messer geführt hat. Wie Schuppen fällt es von ihren Augen.

Der Schmerz, der unerträgliche Schmerz, den sie durch das Eindringen des Kerls in ihren Körper spürt, ist nicht zu beschreiben. Es ist grausam, niederträchtig, dreckig, und ihre Hilflosigkeit ist übermächtig. Mit seinen klobigen, dreckigen Händen zieht er an ihren kleinen Brüsten und tastet sich an ihrem bereits geschundenen Körper weiter nach unten. Sie schreit vor Ekel und panischer Angst. Als er ihre intimste Stelle erreicht hat, die ihm Erleichterung bringt, dringt er mit seinen dreckigen Fingern aus Spaß so tief in sie ein, dass Franziska vor Schmerz aufschreien muss.

Sie hält die Augen geschlossen und fragt sich wieder und wieder, warum gerade ich?

Sie will nur noch raus aus ihrem Körper, weg von sich selbst und diesem ekligen Kerl.

Endlich fällt sie in eine tiefe Ohnmacht.

Franziska kommt wieder zu sich. In ihrem Unterleib toben Tausende von Nadeln. Sie glaubt, dass der Mistkerl ihr sämtliche Gedärme aus dem Leib reißt.

Sie kann keinen klaren Gedanken mehr fassen.

Immer wieder und wieder dringt er in sie ein. Immer wieder und wieder hat sie diesen grässlichen stinkenden Atem und das verklärte Gesicht dieses Monsters vor ihren Augen.

Franziska kann sich nicht mehr wehren, sämtliches Leben weicht aus ihrem Körper und leise murmelt sie unaufhörlich vor sich hin: »Es ist sinnlos, sich zu wehren; jetzt bin ich bereit zum Sterben.«

Mit aller Macht versucht sie, ihre Gedanken von dem Geschehen in eine andere Richtung zu lenken. Sie will nur noch dieser Schande, dieser Erniedrigung und dem unermesslichen Schmerz ihres verletzten Körpers entrinnen.

Mit geistiger Gewalt gelingt es ihr, die Qual und das, was gerade mit ihr geschieht, auszuschalten.

Mit unbändigem Willen schafft sie es, ihre unerträgliche Not und den Ekel, den sie empfindet, in eine andere Richtung zu lenken. Wieder und wieder murmelt sie in ihrem Kopf die gleichen Worte:

Ich habe eh nichts Schönes vom Leben. Bisher habe ich ja auch noch keine Antwort auf meine Frage erhalten, warum ich überhaupt auf dieser fürchterlichen, schrecklichen, von Monstern umgebenen Welt bin.

Was habe ich getan, um so bestraft zu werden?

Bin ich ein Kind der Sünde?

Bin ich eine Geburt der Schande?

Werde ich diese Fesseln des Bösen nie wieder los?

Werde ich diesen fortwährenden Albtraum jemals durchbrechen können?«

Es gelingt ihr, gedanklich abzuschalten, während sie diese grausame Tortur und diese Schande über sich ergehen lässt.

Sie zwingt sich, ihren Geist vom Körper zu lösen. Still und teilnahmslos liegt sie plötzlich vor ihrem Peiniger.

Damit hat dieses Monster nicht gerechnet; abrupt löst sich nach wenigen Sekunden der Fleischklotz von ihrem Körper.

Franziska würgt und kotzt sich die Seele aus dem Leib. Sie bekommt einen Schüttelfrost nach dem anderen. Mit schmerzverzogenem und klatschnassem Gesicht versucht sie sich krampfhaft aufzusetzen; vergebens. Sie schafft es gerade noch, ihren Kopf auf die Seite zu drehen, bevor sie alles, was sie gerade ausgebrochen hat, wieder schlucken muss.

Die Fesseln an Händen und Füßen schafft sie nicht zu lösen. Sie liegt entblößt und in ihrem eigenen Erbrochenen auf ihrem Bett.

Sie spürt, wie ihr Blut, vermischt mit dem Sperma dieses ekligen Kerls, langsam an ihren Schenkeln herunterkriecht.

Wie lange sie so wimmernd gelegen hat, weiß sie nicht zu sagen.

Sie fällt in eine tiefe, wohltuende Ohnmacht.

Gestörte Seele

Franziska schwebt zwischen Leben und Tod. Im Traum öffnet sich ihr ein langer finsterer Gang. Der Raum, in den sie geht, ist grenzenlos lang und kalt. Sie stolpert und fällt. Eine innere Stimme gibt ihr den Befehl, aufzustehen und vorwärts zu laufen. Weiter bedrängt sie die Stimme, nach etwas Warmem zu suchen. Verzweifelt durchquert sie Gänge und Kreuzungen, die ins Nichts führen. Sie weiß nicht, welche Abzweigung sie nehmen soll. Nervös und hysterisch flüstert sie zum wiederholten Mal:

»Welcher Gang ist der richtige?« Nach langem Umherirren entscheidet sie sich für einen der vielen Räume.

Franziska öffnet die Tür und erstarrt!

Ein Sarg, ein brennender Sarg steht mitten im Raum. Aus den lodernden Flammen sieht sie wieder und wieder Fratzen auftauchen, die in der Glut ineinander verschmelzen. Plötzlich taucht die glühende und gleichzeitig verschmelzende Fratze ihrer Mutter und die ihres Peinigers Horst auf. Sie will schreien, doch kein Laut verlässt ihre Kehle.

Spät am Abend kommt Martha nach Hause und wundert sich, dass alles so still im Haus ist. Normalerweise kommt Franziska ihr schon entgegen.

Komisch, denkt sie, Franziska kommt doch sonst immer die Treppe heruntergerannt. Irgendetwas stimmt hier nicht. Martha wird unruhig und schüttelt den Kopf. Plötzlich ergreift eine furchtbare Vorahnung von ihr Besitz.

»Oh, mein Gott«, flüstert sie und rennt die Treppe zum Dachboden hoch, so schnell sie es noch kann.

»Franziska, Franziska!«, schreit sie hysterisch durch das Haus. Oben angekommen bemerkt sie, dass die Tür einen Spalt offen steht. Schnell öffnet sie die Tür und hofft, dass sich ihre Vorahnung nicht bewahrheitet und Franziska nur eingeschlafen ist.

Martha steht an der Schwelle zu ihrem Zimmer.

Was sie sieht, nimmt ihr schier den Atem.

Ohnmächtig und voller Blut liegt Franziska gefesselt auf ihrem Bett. Das Zimmer ist verwüstet. Ihre Kleidung liegt zerstreut und zerrissen verteilt im Zimmer. Mechanisch geht sie auf Franziska zu und murmelt immerfort: »Mein Gott, mein Gott, was hat dir dieser Bastard, der sich mein Sohn schimpft, nur angetan?«

Sie nimmt die Schere von Franziskas Nähmaschine und schneidet schnell die Fesseln durch. Sie legt Franziska auf die Seite und deckt sie zu. Martha läuft so schnell, wie es nur geht, die Treppe wieder runter auf die Straße. Aus voller Kehle schreit sie die ganze Straße entlang: »Hilfe, helft mir, ruft ein Taxi oder einen Krankenwagen, meine Untermieterin liegt vielleicht im Sterben! Wir sind überfallen worden! Hilfe, so hilf mir doch einer!« Schluchzend läuft sie weiter, bis sie an dem Metzgerladen am Ende der Straße angekommen ist.

In verschiedenen Häusern geht das Licht an und einige Fenster öffnen sich. Neugierig starren die Bewohner auf die dunkle Straße, zu der Frau, die nach Hilfe ruft. Wie wild hämmert Martha an die Tür der Metzgerei. Nur der Inhaber besitzt ein Telefon. Nach einer gefühlten Ewigkeit öffnet sich endlich die Tür und Martha berichtet stotternd unter Tränen, was passiert ist.

Während der Metzger den Krankenwagen und die Polizei anruft, hastet Martha wieder zurück zu

Franziska. Martha bleibt vor ihrer Haustür stehen und muss erst einmal Luft holen. So schnell ist sie noch nie in ihrem Leben gelaufen!

Das Treppensteigen zu Franziskas Zimmer fällt ihr jetzt doch schwer. Völlig aufgelöst stammelt sie immer wieder vor sich hin: »Wieso hat er das getan? Warum nur? Wo ist er? Dieser Bastard soll mein Sohn sein?« Sie kann es nicht fassen!

»Wie kann er nur so weit sinken? Er hat sich jetzt auf die Stufe des Mörders seiner Schwester gestellt.«

Wie ein Rekorder mit Endlosschleife wiederholt sie diese Worte, bis der Krankenwagen und die Polizei endlich eintreffen.

An Franziska wird sofort die Erstversorgung durchgeführt. Als endlich ihr Kreislauf stabilisiert ist, soll der Abtransport beginnen.

Es stellt sich aber als nahezu unmöglich heraus, die Trage die steile Treppe herunter zu transportieren.

»Es funktioniert nicht«, klagt ein Sanitäter, »wir brauchen die Feuerwehr, und das schnell.«

Martha bekommt eine Beruhigungsspritze, denn sie will nicht aufhören zu jammern und zu klagen. Erst nach einer Stunde seit dem Eintreffen der Rettungsdienste kann Franziska ins Krankenhaus abtransportiert werden. Den Weg bis dorthin bekommt sie nur im Unterbewusstsein mit.

Als sie im Krankenhaus eintrifft, kommt eine

dunkelhaarige kleine Frau auf sie zu und stellt sich als Frau Dr. Calm vor.

Frau Dr. Calm erklärt Franziska, dass die folgende Untersuchung der Sicherung von Beweismitteln dient.

Teilnahmslos hört Franziska diese Worte und hält weiterhin ihre Augen geschlossen. Frau Dr. Calm registriert, dass Franziska sich wie ein Igel zusammenrollen will.

Die beruhigenden Worte der Ärztin jedoch prallen an ihr ab.

Wieder und wieder versteift sie sich, sodass sich die Untersuchung im unteren Bereich ihres Körpers als äußerst schwierig herausstellt.

Während der für Franziska ekelhaften Untersuchung wird ihr erklärt, dass Spuren von Sperma, Blut, Haaren und Hautteilchen des Täters zum Teil nur innerhalb von 24 Stunden nachgewiesen werden können.

Franziska versteht nur böhmische Dörfer und bettelt inständig, sie doch endlich in Ruhe zu lassen.

Franziska muss viele Tage im Krankenhaus verbringen. Ihr Körper muss an mehreren Stellen genäht werden.

Es dauert Wochen, bis die Wunden an ihrem Körper verheilt sind.

Die innere Qual, das Gefühl der Scham und die verletzte Seele heilen jedoch nicht. Ihr Geist lässt

Franziska nicht zur Ruhe kommen und erschwert ihre Genesung.

Im Krankenhaus wird Franziska immer wieder genau von der Polizei nach dem Tathergang befragt. Alle Einzelheiten wollen sie von ihr wissen. Dies ist für sie eine psychische Qual. Sie muss ständig eine Pause fordern, denn die Erinnerung wühlt ihr Inneres schrecklich auf.

Nach vielen Tagen ist das Vernehmungsprotokoll fertig, doch sie weigert sich, es zu unterschreiben.

Franziska geht mit sich selbst schwer ins Gericht, es ist ihr unverständlich, dass sie nicht mehr alle Einzelheiten weiß.

Die Polizistin beruhigt sie jedoch, als sie ihr gut zuredet. »Es ist völlig normal, wenn Sie sich nicht an alle Einzelheiten erinnern können. Sie sind schließlich schwer traumatisiert. Es gibt auch die Möglichkeit, dem Protokoll später noch etwas hinzuzufügen. Wenn Sie unsicher oder sehr durcheinander sind, haben Sie die Möglichkeit, es am anderen Tag noch einmal zu überprüfen und es erst dann zu unterschreiben.«

Franziska möchte jedoch, dass dieses Protokoll vorerst nur als Gedächtnisprotokoll gewertet wird.

In den darauffolgenden Tagen schlagen ihre Gedanken Purzelbäume und sie fühlt sich der Hölle nahe.

Das Vertrauen zu sich selbst und in die Welt ist erschüttert. Der Glaube an die eigene Sicherheit ist erheblich beeinträchtigt. Sie fühlt sich, als ob sie etwas falsch gemacht hat und nicht der Täter.

Franziska schämt sich, denn ihr ist die Tat peinlich. Ihr eigener Körper fühlt sich fremd und ekelerregend an.

Alles Zureden der Ärzte und Psychologen hilft nicht. Ihre miesen Gefühle bleiben bestehen, obwohl ihr immer wieder versichert wird, dass sie das Opfer und nicht die Täterin ist!

Immer wieder flüchtet sich Franziska in kurze Ohnmachten. Die Ärzte vermuten, dass ihr Verstand einen Schutzmechanismus aufgebaut hat.

Im Krankenhaus

Wie unter einer Glaskugel hört sie eine Stimme, die ganz aufgeregt ruft: »Sie wacht wieder auf, sehen Sie nur, sie öffnet die Augen. Fräulein Schwarz, hören Sie mich?«

Franziska versucht verzweifelt die Augen zu öffnen. »Was ist passiert, warum bin ich noch hier?«, fragt sie verwirrt. Sie sieht Martha hinter der Schwester stehen. Mit einer Urgewalt und wie im Film laufen plötzlich ihre letzten Stunden der Qual und Demütigungen vor ihrem inneren Auge ab. Angeekelt und entfremdet zieht sie die Decke über ihren Kopf. Sie schämt sich so sehr, sie spürt schlagartig den Schmerz, die Demütigung, die Bloßstellung und die tiefe Scham in sich aufsteigen. Sie fühlt sich betrogen von dieser Welt und vor allem von Martha. Ihre Gedanken schlagen Purzelbäume; die Buchstaben tanzen in ihrem Hirn und versuchen Wörter und Sätze zu formulieren. Aus dem Augenwinkel bekommt sie mit, dass Martha aus dem Zimmer geschoben wird. Die Schwester ruft nach dem Arzt, und Franziska fällt erneut in tiefe Ohnmacht.

In den nächsten Tagen erlebt Franziska immer wieder den völligen Kontrollverlust über ihren Körper und ihren Willen. Sie fühlt sich ohnmächtig, hilflos und der Willkür dieses Kerls weiterhin ausgesetzt. Sie wünscht sich immer wieder, dass er doch das Messer gegen sie geführt hätte.

Franziska ist trotz der jungen Jahre des Lebens überdrüssig. Sie wälzt sich im Krankenbett hin und her. Sie schreit, weint, tobt und flucht. Ständig schiebt sie in panischen Attacken im Geist ihren Vergewaltiger von sich weg. Schweißgebadet wacht sie immerzu auf und findet anschließend keinen Schlaf mehr. Ihre Existenz, ihr Leben und ihr eigenes Bewusstsein sind zerstört. Durch die hinterlistige, unerwartete Attacke ihres Peinigers fühlt sie sich ein weiteres Mal ihres Lebens beraubt.

In der Zwischenzeit

Aufgrund des Phantombildes, das Franziska angefertigt hat, wird Horst steckbrieflich gesucht. Der Typ hat sich nach der Vergewaltigung schnell in die Wohnung seines alten Kumpels Sven abgesetzt.

Nach dem sachdienlichen Hinweis einer Nachbarin hat die Kripo das Haus observiert. Jedoch ohne Erfolg.

Erst als steckbrieflich eine Belohnung in Höhe von 3000 DM ausgesetzt wird, kommt Bewegung in die Sache.

Sven muss Bier für Horst besorgen.

Als er am Kiosk das Phantombild mit Horst und der Belohnung sieht, kann er der Versuchung nicht mehr widerstehen und geht zur zuständigen Wache. Er verrät der Polizei den Aufenthaltsort seines Kumpels Horst.

Das Sondereinsatzkommando stürmt unmittelbar nach dem Hinweis die Wohnung und nimmt den Verdächtigen fest. Bei der Befragung nach seiner Festnahme wird Horst schnell klar, dass ihn sein Kumpel Sven verpfiffen hat. Daraufhin tut Horst der Polizei kund, dass sein Kumpel Sven das Opfer bei dem Mord festgehalten hat.

Als Sven seine Belohnung abholen will, bekommt er anstatt des Geldes ebenfalls Handschellen verpasst.

Franziska wird von der Kripo über die Verhaftung

unterrichtet. Ihr ist klar, dass nun ein Prozess folgen wird, bei dem sie die Zeugin ist. Sofort kommen bei ihr die alten schmerzlichen Gedanken wieder auf.

Keine Papiere, kein Identitätsnachweis, keine gerichtliche Aussage. Wer wird denn auch einer jungen Frau ohne Identität glauben?

Den Verrat, den Martha an ihr, Franziska, begangen hat, wird sie nie verzeihen können. Sie ist sich sicher, dass Martha bereits gewusst hat, dass es ihr Sohn Horst gewesen ist, als sie die Skizze damals am Küchentisch fertiggestellt hat.

Für Franziska ist die Verhaftung eine erste seelische Genugtuung. Ihr graut jetzt schon davor, wegen der Vergewaltigung, die von der Staatsanwaltschaft zur Anzeige gebracht worden ist, vor Gericht aussagen zu müssen.

Immer wieder hämmert es in ihrem Kopf, dass sie vor der Justiz nicht aussagen kann, weil sie keinen Personalausweis besitzt.

Verbittert lacht sie bei diesem Gedanken auf, denn für sie ist das unfassbar.

Schwester Gertrud

Nach einigen Wochen Aufenthalt im Krankenhaus packt Franziska ihre paar Habseligkeiten zusammen, die ihr Martha gebracht hat, und wartet auf der Bettkante ihres Krankenbettes auf die Dinge, die da kommen werden.

Die Tür geht auf und eine Nonne mittleren Alters betritt das Zimmer und geht zielstrebig auf Franziska zu.

Sie hebt grüßend ihre Hand und spricht: »Guten Morgen, Fräulein Schwarz, ich bin Schwester Gertrud aus dem Johannesstift. Sie werden einige Tage bei uns verbringen, damit Sie Ihre Angelegenheiten wie Ausweis und Geburtsurkunde regeln können.«

Franziska ist verdattert und denkt entrüstet: »Was soll ich denn in einem Kloster?«

Als ob Schwester Gertrud ihre Gedanken lesen kann, spricht sie weiter: »Keine Angst, Fräulein Schwarz, wir wollen Ihnen nach der schlimmen Tat, die Ihnen widerfahren ist, helfen, in ein normales Leben einzusteigen. Wir werden von Spenden finanziert. Für die Kosten müssen Sie nicht aufkommen. Wir kennen Ihre Geschichte und wissen, dass Sie mittellos sind.«

Franziska resigniert nach dieser Aussage und geht stillschweigend mit Schwester Gertrud zum Wagen.

Während der Fahrt betrachtet Franziska Schwester Gertrud heimlich von der Seite. Gertrud hat ein längliches Gesicht und ihre schwarzweiße Haube umrahmt ihre hohe makellose Stirn. Sie hat leicht gerötete Wangen; ihre Augen strahlen Warmherzigkeit und Zufriedenheit aus. Schwester Gertrud ist gelernte Krankenschwester und hat sich vor fünfundzwanzig Jahren für das Leben im Kloster entschieden. Schon als Kind hat sie sich zum Leidwesen ihrer Eltern zum Kloster und deren Bewohner hingezogen gefühlt. Schwester Gertrud jedoch hat sich gegenüber ihrer Familie durchgesetzt und sie davon überzeugt, dass dies ihr Leben ist.

Sie ist froh über ihren damaligen Entschluss, denn sie hat es sich zur Aufgabe gemacht, gestrauchelten oder in Not geratenen Jugendlichen und Kindern zu helfen. Wenn ihr das bei dem einen oder anderen gelingt, ist sie überglücklich.

Schwester Gertrud ist groß und schlank. Ihre riesigen Füße mit den schwarzen Pumps sehen immer vorwitzig unter dem langen Gewand hervor. Ihre Herzlichkeit lieben alle an ihr. Sie hilft, wo sie kann. Wenn nötig, kann sie anpacken wie ein Mann.

Im Kloster angekommen, stellt Schwester Gertrud Franziska den anderen Nonnen und freien Mitarbeitern vor und erklärt ihr, wann zum Frühstück, zum Mittag und zum Abend und selbstverständlich auch zum Gebet geläutet wird. Jedes Läuten hat somit seine eigene Bedeutung.

Still hört sich Franziska alles an, grüßt freundlich mit einem Kopfnicken die übrigen Nonnen und ist froh, dass Schwester Gertrud ihr eine kleine Kammer zuweist.

Am folgenden Morgen nimmt Gertrud Franziska

mit in die Küche. Franziska freut sich, dass ihr Arbeit zugeteilt wird. Am Abend in ihrer Kammer fällt sie in das quietschende Bett und grübelt düster vor sich hin.

Seit dem erlebten Wahnsinn der Vergewaltigung ist sie nicht mehr sie selbst. Sie kapselt sich komplett von der Außenwelt ab. Jede volle Stunde steigt sie unter die Dusche und wäscht ihren Scham und Ekel, der einfach nicht nachlassen will, ab.

Franziska ist froh, dass sie nicht gezwungen wird, morgens, mittags und abends zum Gebet gehen zu müssen. Diesem Hohn wird sie sich niemals aussetzen können.

An einem Montagvormittag duftet es herrlich nach Kaffee und frischem Brot. Franziska ist heute das erste Mal richtig hungrig und freut sich auf das frische Brot, bestrichen mit der eigens im Kloster hergestellten Kirschmarmelade.

Schwester Gertrud freut sich, als sie sieht, wie herzhaft Franziska in das Marmeladenbrot beißt. Sie hofft inständig, dass sich ihr Schützling auf dem Weg der Besserung befindet. Ihr ist klar, dass Franziska noch viel, viel Kraft braucht, um das, was noch vor ihr liegt, zu bewältigen.

Gertrud wird aus ihren Gedanken gerissen, als Franziska leise am Tisch erklärt: »Nun bin ich schon drei Wochen hier und es wird Zeit, dass ich mich aufraffe und meine Geburtsurkunde beantrage.«

Alle sehen auf Franziska, die unerwartet in die Runde gesprochen hat. Dafür spenden sie Beifall und rufen durcheinander: »Ja, Franziska, wir drücken dir ganz fest die Daumen. Bestimmt wird der Antrag schnell bearbeitet.«

Sofort bietet Schwester Gertrud Franziska an, sie zum Amt zu begleiten.

Auf dem Amt

Mit einem komischen Gefühl im Bauch geht Franziska nach Aufforderung in die Amtsstube und erklärt dem Beamten, dass sie schnellstens eine Geburtsurkunde benötigt. Sie möchte einen Personalausweis beantragen.

Der Beamte erklärt ihr, dass sie für diesen Antrag ein Formular ausfüllen muss, und schickt Franziska zurück auf den Flur. Gewissenhaft füllt sie mit Gertrud das Formular aus und wartet.

Danach betritt sie erneut das Amtszimmer und übergibt dem Beamten das Schriftstück. Der Beamte prüft in ihrem Beisein das Formular und erklärt, dass er nichts für sie tun kann. Sie muss ihre Geburtsurkunde dort anfordern, wo sie geboren worden ist. Weiter erklärt er, dass es schwierig sein wird, eine Geburtsurkunde zu bekommen, da sie, Franziska Schwarz, ihr genaues Geburtsdatum nicht nennen kann.

Franziska ist zutiefst enttäuscht, das Amt unverrichteter Dinge wieder zu verlassen. Auf der Rückfahrt zum Kloster grübelt sie vor sich hin und versucht verzweifelt eine Lösung zu finden.

Zurück im Kloster

Im Kloster angekommen steigen sie stillschweigend aus dem Wagen. Gertrud stellt sich vor Franziska und erklärt ihr den neuen Einfall, den sie hat.

Am folgenden Tag setzen sie sich an Gertruds Schreibtisch und formulieren ein Schreiben an das Einwohnermeldeamt in Münsingen. Franziska muss sich in Geduld üben und auf die Antwort des Amtes warten.

Zwischenzeitlich hat sie sich in das Klosterleben eingefügt und fühlt sich hier einigermaßen sicher. Mit den Klosterfrauen versteht sie sich gut. Sie sind sehr aufgeschlossen und stecken Franziska mit ihrer guten Laune oft für einen kurzen Augenblick an.

Alle sorgen dafür, dass Franziska den ganzen Tag beschäftigt ist, sodass sie wenig Möglichkeit hat, über das Geschehene nachzudenken.

Nach Absenden der Anfrage in Münsingen läuft sie jeden Morgen freiwillig zum Briefkasten, der fast einen halben Kilometer vom Mutterhaus entfernt ist. Ihre Geduld wird auf das Äußerste strapaziert. Es kommt ihr wie gefühlte Jahre vor, bis endlich eine Nachricht von der entsprechenden Behörde kommt.

Franziska ist sehr nervös und bittet Schwester Gertrud, den Brief für sie zu öffnen.

Alle sitzen am Mittagstisch und sind genauso angespannt wie Franziska selbst. Was offenbart dieser Brief?

Schlagartig herrscht absolute Ruhe im Raum und Schwester Gertrud liest den Brief laut vor.

»Sehr geehrtes Fräulein Schwarz, leider müssen wir Ihnen mitteilen, dass trotz Ihrer Angaben keine Geburtsurkunde mit Ihrem Namen vorliegt. Selbst die Nachforschung des eventuellen Geburtsdatums ergibt kein brauchbares Ergebnis. Wir gehen davon aus, dass Sie nach Ihrer Geburt von Ihren Eltern nicht registriert worden sind, oder aber Sie sind als Baby illegal eingeschleust worden.«

Fassungslos starren alle auf Franziska. Ihr wird schwarz vor Augen! Alle Worte wiederholen sich in ihrem Kopf, die wie Hammerschläge auf sie einklopfen. Entsetzt reißt sie die Augen auf und schnappt nach Luft. Ohne jegliche Vorwarnung fängt Franziska an zu toben und zu brüllen. Sie tritt mit ihren Füßen gegen die Tischbeine. Sie rauft sich ihre Haare; sie schmeißt sich unmotiviert auf den Boden und hämmert wie wild mit den Fäusten auf diesen ein.

Schwester Gertrud und weitere Schwestern helfen Franziska sich aufzurichten und sich zu beruhigen. Franziska kann es nicht fassen; immer wieder brüllt sie: »Lassen mich die Fesseln der Vergangenheit nie los? Warum nur?«

Nach diesem unerwarteten Anfall sackt sie erschöpft in sich zusammen.

Schwester Gertrud ist sprachlos, so ein Verhalten hat sie an ihr noch nie erlebt. Franziska weiß nicht mehr weiter! Ihre heillosen Gedanken, für diese Welt nicht existent zu sein, machen sie schier wahnsinnig. Sie kann nicht mehr schlafen und grübelt vor sich hin. Düstere Gedanken lassen sie einfach nicht mehr los.

Nur noch Mord, Totschlag und Vergewaltigung toben in ihrem kleinen Kopf.

Wenige Tage nach diesem unglaublichen Bescheid kommt Schwester Gertrud und macht Franziska den Vorschlag, sie in das Kinderheim zu begleiten, in dem sie vier Jahre verbracht hat. Weiter spricht sie zu Franziska: »Wir werden erwartet, sobald du, Franziska, für diesen Besuch bereit bist. Die Heimleiterin kann sich noch gut an dich erinnern. Dennoch möchte sie dich persönlich sehen.«

Franziska atmet tief durch und neue Hoffnung keimt in ihr auf. Sie ist so dankbar, eine Verbündete gefunden zu haben, die ihr hilft, ihre Existenz zu beweisen. Denn ohne Papiere will sie nicht als Zeuge für den begangenen Mord des Bastards und für die Vergewaltigung an ihr aussagen. Außerdem, was will sie auch hier auf dieser Welt ohne Dokumente?

Schwester Gertrud holt sie aus ihrer düsteren Gedankenwelt, als sie Franziska fragt: »Bist du bereit für diesen Besuch im Kinderheim? Wenn ja, fahren wir morgen sehr früh los, denn es sind einige Stunden Fahrt bis dorthin.«

Franziska ist fertig für die Fahrt und hofft inständig, dass ihr persönlicher Albtraum zu Ende gehen wird.

Besuch im Kinderheim

Franziska steigt mit mulmigem Gefühl in der Magengegend aus dem Wagen. Ihr ist ganz übel geworden. Alte Wunden brechen wieder auf, als sie durch die Empfangshalle in das Büro der Heimleiterin gehen.

An ihr vorbei laufen lachende Kinder, die jetzt so alt sind, wie sie damals war. Franziska atmet tief und fest leise in sich hinein.

Die Heimleiterin begrüßt Franziska freundlich und bestätigt, dass sie das Mädchen ist, das vor sechs Jahren, als ihre Mutter aufgetaucht ist, bei Nacht und Nebel das Heim verließ. Freundlich schaut sie Franziska an, als sie diese Erklärung abgibt. Franziska zugewandt, spricht sie weiter: »Du bist eine hübsche junge Frau geworden. Es tut mir leid für dich, dass dir so etwas Schlimmes zugestoßen ist. Ich habe die Unterlagen durchgesehen, als du damals zu uns gebracht worden bist. Es steht lediglich im Polizeiprotokoll, dass sie dich von deiner Mutter, Frau Schwarz, mit Gewalt aus dem Dreck geholt haben. Sonstige Papiere wie eine Geburtsurkunde habe ich leider nicht in den Akten gefunden. Gerne aber bestätige ich dir den Sachverhalt, wenn es nötig sein soll, vor Gericht oder wo immer es gebraucht wird.«

Nach einer kurzen Pause, als Franziska überhaupt nicht auf ihre Worte reagiert, spricht sie weiter: »Die Adresse deiner Mutter habe ich rausgesucht. Ob sie da noch wohnt, kann ich leider nicht sagen.«

Die Worte der Heimleiterin schallen wie Ohrfeigen in Franziskas Gesicht. Entgeistert sieht sie Schwester Gertrud an, nicht fähig, auch nur ein Wort zu sagen. In ihr bricht erneut eine Welt zusammen und sie glaubt in ein tiefes, tiefes Loch zu fallen. Alle Hoffnungen, endlich an ihre Geburtsurkunde zu kommen, sind mit einem Schlag wieder zunichte gemacht worden. Franziska schluchzt trocken auf: »Was soll ich denn noch tun, Schwester Gertrud? Was nur? Nimmt es denn nie ein Ende?«

Enttäuscht und wütend zugleich verabschiedet sie sich schnell von der Heimleiterin, denn ihre Beine drohen zu versagen. Sie will nur noch raus aus diesen Räumen. Sie braucht einfach frische Luft.

Bevor Franziska wieder in das Auto steigt, fängt sie vor Wut an zu schreien. Sie schreit ihren ganzen Kummer, ihre Demütigungen, ihren Hass, die gerade erneut erlebte Enttäuschung und alles, was sich in ihr aufgestaut hat, hinaus in die Welt. Ihr wird mit einem Schlag klar, dass sie den Gang, den sie absolut vermeiden will, gehen muss. Sie kommt offensichtlich nicht darum herum, ihre gehasste Mutter aufzusuchen. Sie befindet sich in einer fürchterlichen Zwickmühle. Sie weiß nicht mehr weiter. Sie befasst sich innerlich immer mehr mit dem abscheulichen Gedanken, zu ihrem Geburtsort in die schwäbische Alb zu reisen. Sie will ihre Mutter dazu zwingen, endlich dazu zu stehen, dass sie, Franziska, ihre Tochter ist.

Sie ist heilfroh darüber, dass Schwester Gertrud mit ihr reisen wird. Gertrud ist so etwas wie eine große Schwester für Franziska geworden.

Franziskas erste eigene Wohnung

Nach knapp zwei Monaten Aufenthalt im Johannesstift hat Schwester Gertrud in der Nähe des Stiftes eine kleine Wohnung besorgt, die auch aus Spendengeldern und durch die Kirche finanziert wird. Sie hofft, dass Franziska wieder zu sich selbst finden wird.

Es tut ihr in der Seele weh, Franziska so leiden zu

sehen.

Diese junge hübsche Frau mit den braunen melancholischen Augen ist nur noch ein Schatten ihrer selbst. Sie wirkt körperlich wie ein kleines Mädchen.

Franziska unterbricht Gertruds Gedanken, als sie noch überlegend antwortet: »Schwester Gertrud, nach reiflicher Überlegung nehme ich gerne das Angebot einer eigenen kleinen Wohnung an.«

Weiter spricht sie: »Mir ist klar, dass ich mich nicht ewig hinter Mauern verstecken kann, so gerne ich es auch tun würde. Im Grunde bin ich es seit meinem achten Lebensjahr nicht gewohnt, alleine zu sein. Irgendwie waren immer Menschen um mich herum. In den Heimen sowie auf der Straße. Ich habe keine Ahnung, was auf mich zukommen wird, wenn ich auf einmal mit mir allein leben muss! Ich habe Angst!«

In den zwei Monaten Klosteraufenthalt sind Schwester Gertrud und Franziska so etwas wie Freundinnen geworden.

Franziska hat Vertrauen gefasst und spricht viel mit Gertrud über ihre Ängste, ihre Wünsche, ihre ungewisse Zukunft.

Franziska will auf jeden Fall ihre Nähmaschine bei Martha abholen. Sie bittet Schwester Gertrud, mit ihr zu gehen. Sie braucht die moralische und seelische Unterstützung. Gertrud schlägt die Hände über dem Kopf zusammen, als Franziska diesen

Wunsch äußert. Lange überlegt sie, bevor sie Franziska antwortet: »Bist du dir sicher, dass du diesen Besuch in dem Haus verkraften wirst? Du hast doch alle Briefe, die Martha an dich geschrieben hat, ungeöffnet in den Papierkorb geworfen.«

Franziska weiß nicht, dass Schwester Gertrud sie alle wieder herausgeholt und unter Verschluss gebracht hat.

Franziska lässt sich diesen Besuch nicht ausreden, sie will und braucht ihre Nähmaschine. Es ist das Einzige, was ihr gehört. Schwester Gertrud kann nicht erahnen, wie sehr sie an diesem Ding hängt.

Alle Einwände, die Schwester Gertrud vorbringt, die Nähmaschine nicht zu holen, prallen ab wie Bälle an der Wand.

Ihr Entschluss steht felsenfest.

In der Wohnung

Franziska richtet ihr kleines Reich liebevoll ein. Die wenigen Möbel, die sie jetzt besitzt, hat der Johannesstift besorgt. Das Appartement hat eine eigene kleine Küche, einen separaten Flur, ein Badezimmer, eine kleine Nische, wo ihr schmales Bett Platz findet. Der Wohnraum ist aufgeteilt mit einer kleinen Essecke und einer Couchgarnitur. Gardinen will sie sich nähen, wenn sie ihre Nähmaschine abgeholt hat. Für ihre Nähmaschine hat sie auch eine kleine Ecke im Wohnraum frei gelassen.

Franziska wird betreut von Schwester Gertrud und einem Psychologen, den sie regelmäßig, einmal die Woche, mit Schwester Gertrud besucht. Etwa zwei Monate sind seit der Vergewaltigung vergangen.

Franziska fühlt sich stark genug, ihre Nähmaschine abzuholen. Sie hofft und wünscht sich inständig, dass sie Martha aus dem Weg gehen kann.

Ankunft bei Martha

Franziska steigt aus dem Auto und sieht direkt auf das Haus von Martha. Ohne jegliche innerliche Vorankündigung entwickelt sich bei ihr eine mächtige zerstörerische innere Dynamik, welche die Erfahrung des sexuellen Missbrauchs in ihr in Gang setzt. Ein Chaos widersprüchlicher Gefühle zwischen Zorn und Ohnmacht, Scham und Verachtung, Rachefantasien und Hilflosigkeit steigt in ihr auf.

Schlagartig sieht sie vor ihrem inneren Auge das grässliche Geschehen wie im Zeitlupentempo an sich vorbeiziehen. Wie ein Film spult sich die grausame Tat wieder überdimensional ab. Ihr wird übel und Schwester Gertrud schafft es gerade noch, Franziska zu stützen.

Sie muss sich übergeben und kann es nicht verhindern. Im selben Moment kommt Martha aus dem Haus und will Franziska in den Arm nehmen. Schnell stellt sich Gertrud ihr in den Weg, sodass sie Franziska nicht berühren kann. Franziska hat im tiefsten Inneren schon bereut, dass sie unbedingt ihre Nähmaschine selbst abholen will. Still und unfähig, irgendetwas zu tun oder zu sagen, begibt sie sich wieder in den Wagen und überlässt alles andere Schwester Gertrud.

Schnell gibt Gertrud den beiden mitgebrachten Helfern ein Zeichen, die Nähmaschine aus Marthas Wohnung zu holen. Martha dagegen steht vor dem Wagen und hämmert mit ihren Fäusten wild an die Scheibe und bettelt mit Tränen in den Augen:

»Franziska, bitte verzeih mir, es tut mir so furchtbar leid!« Immer und immer wieder schreit sie dieselben Worte: »Ich bitte dich im Namen meines Sohnes um Vergebung!«

Franziska ist erschüttert und innerlich zutiefst aufgewühlt. Die Gefühle des Hasses gegenüber Martha sind beeindruckend und machen ihr selbst Angst. Eines weiß sie ganz gewiss: Sobald sie die Möglichkeit bekommt, als Zeugin gegen den Mörder auszusagen, wird sie es tun.

Erste Anzeichen einer Paranoia

Vor ihrer Reise in die Schwäbische Alb beschäftigt sie sich damit, immer wieder ihre gebrauchten kleinen Möbel, die sie bekommen hat, umzustellen. Über das kleine Reich, was ihr geboten wird, kann sie sich nicht freuen. Es ist ein Appartement im zweiten Stock in der Nähe des Klosters. Von ihrem Fenster aus sieht sie entfernt den Klostergarten.

Schwester Gertrud hat freundliche pastellfarbene Bilder aufhängen lassen. Ein altes Radio schenkt ihr Schwester Klara aus dem Kloster.

Franziska freut sich riesig darüber. Sie ist es nicht gewöhnt, so alleine mit sich und der Welt zu sein.

Richtig klar kommt sie damit noch nicht.

Wie ein Tiger im Käfig läuft sie nervös und mit ihren Gedanken ständig bei ihrer abstoßenden Mutter durch die kleine Wohnung. Immer wieder setzt sie sich an ihre Nähmaschine und versucht sich abzulenken. Ihre Wohnung erscheint ihr auf einmal fremd und kalt; einfach ohne Leben! Ständig spricht sie mit sich selbst. Sogar der Wasserhahn stört sie, nur weil er ab und an mal tropft. Ihren Wecker, den Schwester Gertrud ihr geschenkt hat, verfrachtet sie in den Schrank, denn das »Ticktack, ticktack« treibt sie beinahe in den Wahnsinn.

Die Albträume haben sie wieder eingeholt. Ständig erfasst sie eine derart schlimme innere Unruhe, dass sie das Gefühl hat, beim Gehen immer in ein

tiefes Loch zu treten. Sehr oft bleibt sie stehen, ob in der Wohnung
oder auf der Straße. Sie fühlt sich beobachtet und verfolgt. Panische Angstattacken befallen Franziska bei dem Gedanken, an ihrem Geburtsort auf ihre Mutter Anna zu treffen.

So richtig kann sie sich an die ersten acht Jahre nicht erinnern. Sie weiß vieles nur vom Hörensagen. Die ständigen Albträume allerdings zeigen ihr das Geschehen der Vergangenheit auf. Den Erzählungen nach muss ihre Mutter jetzt dreiundvierzig Jahre alt sein. Tag und Nacht fragt sie sich, wie sie ihrer Mutter gegenübertreten soll. Sie weiß es nicht! Sie weiß nur, dass sich bei jedem Gedanken an ihre Mutter ihr Brustkorb zusammenzieht und sie das Gefühl bekommt, nicht mehr atmen zu können.

Franziskas Reise zu ihren Wurzeln

Franziska und Schwester Gertrud reisen mit dem Zug durch eine raue, aber auch teilweise liebliche Hochfläche. Beide sehen es nicht!

Es wird eine lange Fahrt; sie hören das Rattern des Zuges, dumdum, dumdum, im gleichmäßigen Klang, in Eintracht mit den Gleisen.
Die Sitzbank ist hart und unbequem. Das ist aber nichts Besonderes, denn der Johannesstift hat nur

ein Ticket dritter Klasse genehmigt.

Um ein bisschen Leben in das Abteil zu bringen, packt Gertrud die selbst belegten Brote und die Kanne mit Caro-Kaffee aus. Stillschweigend, mit einem Lächeln um ihre Mundwinkel, gießt sie jedem einen Plastikbecher ein und teilt die Brote aus. Sie pufft Franziska freundschaftlich in die Seite und wünscht ihr einen guten Appetit. Franziska sieht sie dankbar an und flüstert: »Danke, dass es dich wenigstens gibt.«

Gertrud wird über die gesprochenen Worte Franziskas verlegen, ihre Wangen nehmen eine rötliche Farbe an und ihre kleinen runden Augen leuchten feucht.

Als sich Gertrud wieder gefangen hat, erklärt sie Franziska, dass sie sich für die Begegnung mit ihrer Mutter stärken muss. Franziska nickt mit dem Kopf, würgt das gereichte Brot mit Gewalt herunter und spült es mit Kaffee nach.

Stille herrscht im Abteil.

Franziska ist schläfrig, doch die Gedanken an ihren Heimatort lassen sie nicht ruhen.

Die Fahrt geht weiter, vorbei an viel Ackerbau und Viehzucht, Wäldern und saftigen Wiesen. Franziska sieht es nur so vorbeifliegen und ihr Kopf signalisiert ihr, dass sie in dieser wunderschönen Landschaft geboren worden ist.

Gertrud will Franziska nicht in ihrer Gedankenwelt stören. Sie kann sich sehr gut vorstellen, wie es im Inneren von Franziska aussehen muss. Gertrud hofft und betet inständig, dass Franziska nicht schon wieder enttäuscht wird.

Schwester Gertrud sieht ihren Schützling verstohlen von der Seite an und bemerkt mitleidvoll: »Was ist sie doch schmal und durchsichtig geworden. So klein und zierlich, und doch muss sie solch eine schwere Hürde nehmen, um ihr Recht, nämlich das Recht, real auf dieser Welt zu sein, durchzusetzen.«

Endlich, nach fünf Stunden, hält der Zug in der kleinen Stadt Münsingen.

Steif in den Gliedern vom langen Sitzen steigen sie aus dem Zug und fahren dann weiter mit dem angemieteten Wagen durch kurvige Straßen vorbei an Wiesen und Bauernhöfen.

Franziska quetscht sich immer mehr in den Beifahrersitz. Ihr ist schlecht und sie spürt, wie ihr das Blut in den Kopf schießt. Am liebsten würde sie wieder auf der Stelle umkehren. Doch sie weiß, dass sie durch diese Hölle gehen muss.

Es führt kein anderer Weg zum Ziel. Schwester Gertrud sieht sie mitleidvoll von der Seite an. Franziska merkt es und ist wütend über sich und das Mitleid, das ihr andere entgegenbringen.

Wütend schnauzt sie Schwester Gertrud an: »Wenn ich jetzt etwas nicht gebrauchen kann, dann ist das Mitleid.« Trotzdem ist Franziska leichenblass und ihre Haut ist ganz durchsichtig geworden.

Immer wieder muss Gertrud anhalten, weil Franziska sich übergeben muss. Zu groß ist die Angst, ihrer Mutter gegenüberzutreten.

In Franziskas Kopf purzeln die Gedanken wild durcheinander. Ihr schmerzt der gesamte Körper und immer wieder hat sie das Gefühl, keine Luft mehr zu bekommen. Angst und Panik machen sie fast verrückt. Gertrud versucht sie zu beruhigen und spricht permanent mit ihr. Doch ihre Worte prallen ab, als seien sie nie gesprochen worden. Franziska befindet sich in einem seelischen, verzweifelten Gefühlschaos.

Bruchteile einzelner Erinnerungen ihrer Kindheit ziehen an ihrem inneren Auge vorbei.

Plötzlich unterbricht Franziska die Stille und flüstert, ohne jegliche Gefühlsregung, zu Gertrud: »Ich glaube, ich bin wieder in der Hölle angekommen! Wenn es einen Gott gibt, sag ihm, dass er meiner Mutter jetzt, bevor wir aus dem Wagen steigen, einen Blitz schicken soll, der in sie einschlägt und sie vor meinen Augen umbringt.«

Schwester Gertrud ist entsetzt und sprachlos über solch hasserfüllte Worte. Langsam rollen sie mit dem Wagen in die Einfahrt des Hofes, wo sich Franziskas Mutter aufhalten soll. Franziska krallt sich so fest an die Tür des Wagens, dass die Knöchel ihrer Finger weiß hervortreten. Schwester Gertrud steigt aus, läuft um das Auto herum und öffnet die Beifahrertür. Behutsam und mit Bedacht nimmt sie Franziska an die Hand. Gemeinsam gehen sie mit forschem Schritt auf das heruntergekommene Gebäude zu. Entsetzt und mit monotoner Stimme flüstert Franziska Gertrud zu: »Meinst du, hier in dem Saustall wohnt noch jemand?«

Gertrud ist jetzt auch mulmig in der Bauchgegend. Sie kann sich beim besten Willen nicht vorstellen, dass hier noch jemand hausen soll. Gertrud schüttelt sich innerlich, wenn sie sich vorstellt, dass Franziska hier acht Jahre festgehalten worden ist.

Ihre Gedanken gibt sie Franziska jedoch nicht preis, um sie nicht weiter zu beunruhigen. Gehetzt ruft Gertrud, um die Stille zu durchbrechen, mehrmals: »Frau Schwarz, sind Sie da? Sie haben Besuch, wo stecken Sie? Bitte kommen Sie doch mal aus der guten Stube.«

Nach einem kurzen Atemzug hören sie, wie jemand langsam die Tür öffnet.

Eine große fettleibige Frau betritt den Hof. Franziska erschrickt heftig und schüttelt sich, während der Ekel in ihr aufsteigt. Sie presst ihre Hände vor den Mund und stöhnt laut auf. »Ist das meine Mutter? Die sieht ja noch schlimmer aus als in meinen schlimmsten Albträumen.«

Laut schreit sie auf, außer sich vor Ekel, Wut, Hass und Scham. Sie schämt sich für das, was vor ihr steht und sich Mutter schimpft.

Die Frau kommt auf die beiden zu und lallt vor sich hin: »Was wollt ihr denn hier, habt ihr euch verlaufen? Ab mit euch, husch, ich brauche hier niemanden, der rumschnüffelt. Lasst mich gefälligst alle in Ruhe.«

Sie stinkt eklig nach Alkohol und Schweiß. Ihre Haut ist aufgedunsen; ihre Kleidung schmuddelig und ihre Haare hängen in fettigen Strähnen bis zum Kinn an ihrem dicken Kopf herunter. Ein Hals kann nur vermutet werden.

»Einfach abscheulich«, flüstert Franziska Gertrud zu. Schlagartig erinnert sich Franziska an weitere Details aus ihrer Kindheit. Sie schüttelt sich vor Entsetzen und ist fassungslos. Feindselig und herablassend sieht sie Anna an und brüllt entrüstet: »Mein Gott, wenn es dich wirklich gibt, warum, warum hast du mir dieses Leben gegeben! Was habe ich getan, um so bestraft zu werden?«

Schluchzend, frustriert und von unbändigem Zorn, heftiger Wut, und unglaublichem Hass gepackt, fällt sie innerlich zusammen, wie ein Haufen Asche.

Gertrud fasst sich als Erste und sagt in einen völlig ruhigen Ton zu Anna: »Das hier«, sie zeigt auf Franziska, »das ist Ihre Tochter! Wir wollen nur die Geburtsurkunde abholen, sonst nichts. Holen Sie uns diese und wir verlassen Sie sofort wieder. Oder sollen wir selbst reingehen und sie holen?«

– Stille –

Anna glotzt die beiden mit ihren zusammengekniffenen Augen ohne jegliche Gefühlsregung an und fängt an, laut zu lachen. Sie hält sich ihren Schwabbelbauch vor Lachkrämpfen und zeigt immer wieder auf Franziska und brüllt: »Niemals ist das meine Tochter, niemals. Ich habe keine Tochter mehr.«

Gertrud schreit entrüstet zurück: »Doch, sehr wohl ist das Ihre Tochter.«

Schlagartig hört das Lachen von Anna auf. Eiskalt und emotionslos sieht sie Franziska an und murrt: »Wegen diesem Balg habe ich eine Entziehungskur für Alkoholiker machen müssen. Wegen diesem Balg habe ich eine Strafe wegen angeblicher Kindesvernachlässigung auf Bewährung aufgebrummt bekommen, so viel Ärger wegen einer Missgeburt.«

Entgeistert über so viel Kaltschnäuzigkeit brüllt Gertrud lauter: »Offensichtlich hat es nichts genutzt.«

Gertrud stemmt zur Unterstützung ihrer Worte die Arme in die Hüften. Franziska sieht und hört alles wie unter einer Glocke. Die Hoffnung auf eine Identität und endlich offiziell existent zu sein, wird wieder unerreichbar für sie.

Anna ist nach dem Wortausbruch von Schwester Gertrud still geworden. Demonstrativ stellt sie sich vor ihre Tür, sieht beide mit trüben Augen an und nuschelt mit monotoner Stimme: »Hier kommt keiner rein! Eine Urkunde besitze ich nicht, denn diesen Bastard da«, sie zeigt mit dem dicken speckigen Finger auf Franziska, »hat es nie gegeben. Ich wollte sie nicht, jetzt soll sie sehen, wie sie mit sich und der Welt klarkommt.«

Nach diesen Worten geht Anna, ohne sich noch einmal umzudrehen, in ihren Verschlag und verrammelt die Tür von innen. Empört über so viel Kaltschnäuzigkeit und keines Wortes fähig, steigen beide stillschweigend in ihren Wagen und fahren zum Bahnhof.

Schwester Gertrud hat sich entschlossen, eine Übernachtung in Bahnhofsnähe einzuschieben. Franziska ist nach dem Auftritt ihrer Mutter nicht in der Lage, weiterzufahren. Sie muss sich in immer kürzer werdenden Abständen übergeben. Trockenes Aufschluchzen begleitet sie durch die Nacht. Die Albträume sind wieder gegenwärtig und lassen sie nicht zur Ruhe kommen.

Am folgenden Tag steigen beide deprimiert in den Zug. Jeder hängt seinen Gedanken nach. Franziskas Gedanken kreisen wie ein Karussell in ihrem Kopf. Das Erlebte bei ihrer Mutter setzt die Krone auf das Ganze. Franziska murmelt vor sich hin: »Mein Leben geht hier zu Ende.«

Zurück in Bruchsal

In Bruchsal angekommen, verspricht Schwester

136

Gertrud ihr zu helfen, einen Ausweg zu finden.

Traurig und in sich gekehrt geht Franziska schweren Schrittes zurück in ihre kleine Wohnung. »Es ist so furchtbar still hier drin, ich glaube, ich bekomme keine Luft«, spricht sie wieder mit sich selbst.

Franziska geht ins Badezimmer und schaut mutlos in den Spiegel. Was sie sieht, macht sie noch abgezehrter. Schmal und blass ist sie. Ihre Haut ist dünn und durchsichtig geworden. Alle Energie, das sprühende Feuer ist aus ihren Augen verschwunden. Sie will nicht mehr, sie kann einfach nicht mehr.

»Es macht doch alles keinen Sinn«, murmelt sie ihrem Spiegelbild zu. Was soll ich denn hier noch? Meine Mutter verleugnet mich, meinen Peiniger kann ich nicht bestrafen lassen. Vielleicht bin ich an allem selbst schuld.«

Franziska kommt nicht mehr zu Ruhe. Ihr Herz schlägt wie wild vor Zorn und tiefer Ohnmacht, nichts tun zu können.

»Warum um alles in der Welt kann ich dem Spuk kein Ende setzen?« Es will nicht in ihren Kopf, dass es keine Möglichkeit geben soll, ihre Identität zu beweisen. Sie fasst sich an, berührt vor Verzweiflung ihre Arme, ihre Beine, ihre Brust; sie kneift sich in ihre Wange vor dem Spiegel und schreit immer wieder ihr Spiegelbild an: »Bin ich nun real oder bin ich es nicht? Bin ich ein Geist oder bin ich es nicht?« Weinkrämpfe nehmen rücksichtslos Besitz von ihr.

Sie weiß nicht, wie sie diesen großen Scherbenhaufen bewältigen soll. Franziska leidet nach der Vergewaltigung und deren Folgen immer noch unter Verfolgungswahn. Immerzu sieht sie sich um, sehr oft ist sie niedergeschlagen, ständig hat sie panische Angstattacken.

Gefühle der Sinnlosigkeit überfallen sie; immer öfter übermannen sie die Gedanken an eine Selbsttötung. Ihre kleine gemütliche Wohnung nimmt sie nicht mehr richtig wahr; sie lebt nur noch in tiefsten Ängsten.

Selbst das heiß geliebte Nähen, was sie ab und zu abgelenkt hat, macht ihr keinen Spaß mehr. Sie leidet, seitdem sie zurück in der eigenen Wohnung ist, unter Essstörungen und sucht häufig nach Beruhigungstabletten.

Mit Gewalt versucht sie alle dunklen, finsteren Bilder zu verdrängen. Es gelingt ihr aber nicht!

Ihre Gedanken kreisen unaufhörlich um die gleichen Worte: »Das Einzige, was ich bisher erreicht habe, ist, dass ich meine heiß geliebte Nähmaschine wiederhabe.«

Wieder und wieder fragt sie sich, was sie denn getan hat, um so von ihrer Mutter gehasst zu werden. Seit dem erlebten Wahnsinn mit ihrer Mutter ist sie nicht mehr sie selbst. Franziska will nicht mehr aus ihrer Wohnung. Sie hat Angst und sie glaubt, jeder Mensch kann ihr ansehen, dass sie ein Nichts ist. Immer mehr kapselt sie sich von der Außenwelt ab. Jede volle Stunde steigt sie unter die Dusche. Sie muss ihre Scham und ihren Ekel, der einfach nicht nachlassen will, abwaschen. Sie wünscht sich jeden Tag, aus diesem Leben unauffällig zu verschwinden, genauso unauffällig wie sie diese Welt betreten hat.

Es fühlt sich unangenehm und bitter an, das Kind einer Mutter zu sein, die sie nicht haben, nicht mal kennen will und ihr die Hölle auf Erden wünscht. Warum?

Dieses Warum spukt wie ein böser Geist in ihrem Kopf. Dieser böse dunkle Geist ist noch ihr einziger und ständiger Begleiter in ihrem Leben. Seit Tagen geht Franziska nicht mehr aus der Wohnung. Sie hasst die Menschen, die mit lächelnden und zufriedenen Mienen durch die Straßen laufen.

Sich selbst hasst sie am meisten. Der einzige Mensch, zu dem sie noch Kontakt hat, ist Schwester Gertrud.

Die gute Seele versorgt sie mit frischen Lebensmitteln. Gertrud hat nach diesem beängstigenden Erlebnis dafür gesorgt, dass Franziska weiterhin in psychischer Behandlung bleibt. Sie hofft, dass sie bald wieder in das normale Leben zurückfinden wird. Im Moment jedoch sieht es nicht so aus. Franziska reagiert nur noch geistesabwesend, so als ob sie das alles nichts mehr angeht.

Der psychische Kollaps

Schweißgebadet wacht Franziska wieder aus den bösen Albträumen, die sie die ganze Nacht geplagt haben, auf.

Nur noch Tod, Dunkelheit und böse Fratzen begleiten ihre Träume. Immer wieder sagt sie sich: »Das will ich nicht mehr, ich will nicht mehr träumen! Es macht doch alles überhaupt keinen Sinn mehr.«

Franziska ist nur noch ein Schatten ihrer selbst.

Ihre Seele verkümmert.

Entschlossen steht sie auf; schlafen kann sie sowieso nicht mehr.

Wie gerädert geht sie ins Badezimmer und lässt sich Wasser ein. »Nur noch einmal ein schönes warmes Bad mit Lavendel nehmen. Das habe ich mir verdient«, flüstert Franziska.

Während das warme Wasser in die Wanne läuft, geht sie in die Küche, öffnet die Schublade mit dem Besteck und probiert ohne innere Regung verschiedene Messer auf ihre Schärfe aus.

Ah, das wird wohl reichen, spricht sie in Gedanken und geht langsamen Schrittes zurück ins Badezimmer und dreht den Wasserhahn zu.

Das Messer legt sie auf den Hocker, den sie immer neben der Wanne stehen hat. Gemächlich zieht sie sich aus, legt ihre Kleidung ordentlich zusammengefaltet neben den Hocker auf den Boden. Sie schaut in den Spiegel, lächelt mit ihren melancholischen braunen Augen ihrem Spiegelbild zu und flüstert: »Tschüss, meine Liebe, schön, dass ich dich kennengelernt habe.«

Behutsam taucht sie in das warme, nach Lavendel riechende Wasser ein. Leicht plätschert sie mit ihren Händen durch das Wasser, so wie damals, als sie das erste Mal in ihrem Leben in eine Badewanne eingetaucht ist. Sie lächelt bei dieser Erinnerung und schaut den entstehenden kleinen Wellen zu. Ihr Blick schweift fasziniert und gebannt auf das kleine Messer, das glitzernd auf dem kleinem Hocker liegt.

Sie murmelt in sich hinein: »Du kleines, spitzes, scharfes Messer, wirst du mir jetzt zu einem besseren Sein verhelfen?«

Vorsichtig streift sie mit ihren Fingerkuppen über die Klinge. Doch dann, wie von einer fremden Hand geführt, zieht sie die scharfe Klinge kräftig, mit einen Ruck durch. Ein tiefer langer Riss in ihre Pulsader, im unteren Bereich des inneren Handgelenks entsteht. Franziska spürt das warme Blut, das pulsierend in das Badewasser spritzt. Ruhig legt sie sich zurück und schließt die Augen. Sie fühlt sich müde, so unendlich müde; eine wohlige Wärme umgibt sie.

Schwester Gertrud

Schwester Gertrud ist sehr beunruhigt nach dem heutigen Besuch bei Franziska. So apathisch und still hat sie ihren Schützling und ihre Freundin noch nicht erlebt. Sie macht sich Sorgen und kann einfach nicht einschlafen. Schnell schreibt sie einen Zettel und legt diesen bei der Schwester Oberin auf den Schreibtisch.

Gertrud will vermeiden, dass sich auch noch jemand Sorgen um sie macht. Sie nimmt den Zweitschlüssel von Franziskas Wohnung aus der Schublade. Flink zieht sie die Jacke an und spurtet unruhig zu ihrem Wagen.

»Bitte, bitte«, spricht sie laut, »spring an, nur noch heute, danach bring ich dich auch in die Werkstatt.«

Vorsichtig dreht sich Schwester Gertrud um. »Hoffentlich hat mich jetzt niemand gehört. Sonst denken die noch, ich gehöre in die Klapsmühle«, murmelt sie in sich hinein.

Der alte Kadett ist in letzter Zeit nicht mehr zuverlässig. Der Johannesstift will und kann aus finanziellen Gründen keinen anderen Wagen zur Verfügung stellen. Die Spenden und Zuschüsse von Stadt und Land werden immer spärlicher.

Sie öffnet die Wagentür, startet und atmet tief ein und dankt, dass ihr Gebet erhört worden ist. Sie fährt den Weg zu Franziskas Wohnung. Die Fahrt kommt ihr wie eine Ewigkeit vor. Ihre Unruhe wird immer stärker und sie hat Mühe, sich auf den Verkehr zu konzentrieren. Sie muss sich einfach selbst überzeugen, dass alles in Ordnung ist. Endlich erreicht sie Franziskas Wohnung. Flink steigt Gertrud aus dem Wagen und sieht, dass bei Franziska in der Wohnung noch Licht brennt.

»Sicherlich haben sie die Albträume wieder geweckt«, murmelt Gertrud, während sie schnell die zwei Etagen hochsteigt. Sie wird aus unerklärlichen Gründen immer unruhiger.

Um schneller ihr Ziel zu erreichen, nimmt sie zwei Treppenstufen auf einmal. Schnaufend und pustend vom schnellen Treppensteigen kommt sie oben an. Vorsichtshalber klingelt sie, damit Franziska nicht erschrickt, wenn nachts plötzlich jemand in ihrer Wohnung steht. Wieder klingelt sie, dieses Mal aber länger. Nichts, nichts ist zu hören!

Komisch, denkt sie, holt den Schlüssel aus ihrer Jacke und schließt, Böses ahnend, mit zittrigen Händen die Wohnungstür auf. Mit ihrem geschulten Blick erkennt sie sofort die Situation. Sie läuft gezielt auf das offene Badezimmer zu und sieht Franziska in der Wanne.

Das hellrote Blut kommt stoßweise, sehr stark

und spritzend aus ihrer Wunde. Gertrud ist beruhigt, die Wohnungstür offengelassen zu haben. Sie schreit und brüllt aus Leibeskräften, sodass es im Treppenhaus mächtig hallt.

Einige Türen gehen auf und die Bewohner laufen dorthin, wo der Schrei herkommt. Sie glotzen teilweise entgeistert auf Franziska, bis Gertrud schreit:

»Schnell hierher, schnell, die Frau verblutet. Bringt mir Taschentücher, Krawatten, Mullbinden, egal was, aber sofort. Es geht hier um Sekunden!«

Das Schreien hat gewirkt, unmittelbar kommt vom Nachbar das Gewünschte. »Hat jemand einen Krankenwagen gerufen? Vor eurem Haus ist doch eine Telefonzelle, oder? Schnell, schnell, Beeilung! Sie da, kommen Sie, halten Sie den Arm der Frau in die Höhe und nicht loslassen«, schreit sie immer weiter, während sie, wie von einer Marionette gezogen, gezielt einen Druckverband aus Taschentüchern und darüber fest gewickelten Mullbinden anlegt.

Die Schweißperlen stehen Gertrud auf der Stirn. Sie weiß, dass Sekunden das Leben Franziskas retten können. Sie registriert, dass die Blutung nicht aufhört, und wickelt schnell noch die gebrachte Krawatte zur Sicherheit darüber.

In der Zeit, in der sie den Verband anlegt, gibt sie weiter gezielte Anweisungen. Sie sieht sich schnell in der Runde um, zeigt mit dem Zeigefinger auf den Zweiten von links und ruft: »Sie da, ja, Sie! Sehen

Sie sich mal in der Wohnung um. Wir brauchen Decken, schnell.«

Den Stöpsel der Badewanne hat sie geistesgegenwärtig rausgezogen, damit das Wasser ablaufen kann. Wieder und wieder spricht sie mit Franziska und lässt sie nicht aus den Augen. Leise betet sie vor sich hin: »Lass dieses kleine arme Ding nicht sterben. Wir finden bestimmt gemeinsam eine Lösung.«

Gertruds Nerven liegen, wie schon seit Langem nicht mehr, völlig blank. Sie mag Franziska sehr und hat Tag und Nacht darüber gegrübelt, wie sie ihr denn am besten helfen kann. Sie macht sich Vorwürfe, dass sie Franziska alleine gelassen hat.

»Ich hätte es erkennen müssen, dass sie nach dem Erlebnis mit ihrer Mutter und der vorangegangenen Vergewaltigung labil sein muss«, murmelt sie weiter vor sich hin. Für Gertrud ist die Zeit stehen geblieben. Es erscheint ihr wie ein ganzes Leben, bis der Notarzt eintrifft. Hysterisch schreit sie: »Na endlich!«, als sie den Krankenwagen hört. Sofort läuft ein Mitbewohner des Hauses nach unten, um den Notarzt auf die richtige Etage zu führen. Den Notverband hat Schwester Gertrud bis zum Eintreffen des Notarztes unberührt gelassen. Der diensthabende Arzt sieht Schwester Gertrud bewundernd an und erklärt ihr, dass sie Franziska das Leben gerettet hat.

Gertrud schüttelt nur noch den Kopf, unfähig, etwas darauf zu erwidern. Sie entschließt sich, mit ins Krankenhaus zu fahren, damit sie über Franziska wachen kann.

Schwester Gertrud hat mittlerweile vor Aufregung und Hektik einen hochroten Kopf mit lauter kleinen Pusteln bekommen. Den Schweiß auf der Stirn versucht sie fahrig mit dem schwarzen Ärmel ihrer Kutte abzuwischen. Die Haube rutscht ihr immer tiefer in die Stirn. Wieder und wieder murmelt sie vor sich hin: »Warum hast du das getan, Franziska? Ich habe dir doch versprochen zu helfen.«

Seufzend und noch am ganzen Körper zitternd fährt sie zurück in das Kloster Johannesstift. Gertrud erkennt, dass sie im Moment nichts mehr tun kann.

Psychiatrische Klinik

Franziska wird nach diesem Suizidversuch unweigerlich in eine psychiatrische Klinik eingewiesen. Gertrud kann es nicht verhindern. Sie hat alles versucht, doch ohne Erfolg.

Fast zwei Wochen vergehen, bis Franziska wieder voll ansprechbar ist und entsprechende Reaktionen zeigt. Gertrud ist die Einzige, die sie regelmäßig besucht.

Die Briefe, die Gertrud ihr von Martha vorbeibringt, lässt Franziska verschlossen und wirft sie achtlos in die Schublade. Sie kann und will Martha nicht verzeihen.

Weitere vier Wochen in der Klinik vergehen, bis ihr die Ärzte mitteilen, dass sie bald wieder in ihre kleine Wohnung zurückkehren darf. Franziska atmet tief durch und freut sich über diese Mitteilung.

Kurz vor ihrer Entlassung muss Franziska noch einmal zu der routinemäßigen Untersuchung. Dieser verhängnisvolle Tag bringt neuen Horror in Franziskas Leben.

Der Frauenarzt Dr. Marille, den Franziska überhaupt nicht mag, führt die Untersuchung durch. Mit seinem dunkelblonden lichten Haar und der dicken Nickelbrille sieht er nicht gerade vertrauenserweckend aus. Als er das grässliche Besteck in die Hand nimmt und sie untersucht, schüttelt sie sich innerlich. Sie hört das absonderliche Besteck klappern, als er es in die Schale legt.

Er spricht kein Wort, doch er räuspert sich, bevor er ihr erklärt: »Fräulein Schwarz, ich weiß ja nicht, ob Sie es schon selbst herausgefunden haben oder auch nicht. Jetzt ist es offiziell. Die Untersuchung hat ergeben, dass Sie bereits im vierten Monat schwanger sind.«

Entgeistert hört Franziska die katastrophalen Worte aus dem Mund des Arztes, den sie sowieso nicht leiden kann. Völlig planlos springt sie von ihrem Stuhl und schreit ohne Vorwarnung Dr. Marille an: »Wie kann so was passieren?«

Unmittelbar, um ihre Worte zu unterstreichen, haut sie mit der Faust auf den Schreibtisch vor sich, sodass die darauf liegenden Papiere einen kleinen Hüpfer machen. Tränen der Wut und Entrüstung laufen über ihr zartes, blasses Gesicht, während sie weiterbrüllt: »Weshalb war ich denn so lange in Behandlung? Warum ist das nicht sofort erkannt worden? Wieso muss ich mich ständig diesen Untersuchungen aussetzen? Sagt es mir!« Ihre verzweifelten Schreie gehen in Schluchzen über.

Sie haut und boxt wild um sich und brüllt wie von Sinnen.

»Ich will diesen Bastard nicht! Glauben Sie denn im Ernst, dass ich das Kind eines Mörders austragen werde?«

Schnell kommt dem Doktor Marille eine Schwester zu Hilfe. Es gelingt beiden, Franziska festzuhalten und ihr eine Beruhigungsspritze zu geben. Sie merkt nur noch, dass die Spritze ihre Wirkung entfaltet und hört von weit weg verzerrte Stimmen, die irgend-etwas befehlen. Die restlichen Worte hört sie nicht mehr, denn Dunkelheit umgibt sie.

Franziska wird erneut in eine geschlossene Zelle gebracht. Neue blutige Albträume begleiten sie. Mit einem blutüberströmten Kopf unter dem Arm und ausgefranstem Hals rennt ein Kerl über die

Etagen und schreit freudig und böse lachend: »Ich habe ihn getötet, ich habe ihn getötet.«

Franziska kann nicht erkennen, ob der Kopf echt ist. Er schreit gotterbärmlich, sodass es durch Mark und Bein geht. Franziska wacht schweißgebadet von diesem bösen Traum auf. Orientierungslos sieht sie sich um; schnell wird ihr klar, dass sie eingesperrt ist.

»Ich bin doch nicht verrückt«, flüstert sie verwirrt und innerlich völlig aufgewühlt. Ihr Blick hastet panisch von einer Ecke der Zelle in die andere, während sie weiter vor sich hin murmelt: »Um Gottes Willen, wem bin ich denn im Weg? Hört denn dieser Albtraum nie auf? Warum kann ich, verdammt noch mal, meine Fesseln, die mich immer noch umschlingen, nicht lösen? Was mache ich falsch in diesem Leben?«

Augenblicklich wird ihr klar, dass sie in dieser Zelle nicht bleiben darf. Franziska sieht sich behutsam um und stellt fest, dass sie nur ihren Kopf drehen kann. Mit breiten weißen Gurten ist sie an Händen und Füßen ans Bett gefesselt. Der Raum ist sehr klein; es gibt lediglich ein Bett, eine Toilette und ein Waschbecken darin. Rundum sind die Wände, die Decke und der Boden mit weißen Polsterplatten belegt.

Sie bekommt abrupt eine Wutattacke! Ihr Mund zittert so stark, dass die Zähne aufeinander klappern. Der Juckreiz am gesamten Körper bringt sie zur Verzweiflung. Sie kann sich noch nicht einmal kratzen.

Franziska spürt, wie ihr die Schweißperlen von der Stirn tropften. Sie schreit und kreischt, zappelt und strampelt und zieht mit der ganzen Kraft ihres Körpers an den Gurten, in der Hoffnung, dass diese sich lösen werden.

Ihr hysterisches Kreischen wird immer leiser, bis es in ein Wimmern übergeht. Erschöpft lässt sie sich erneut in ihre Kissen fallen. Tränen der Verzweiflung und des Entsetzens laufen an ihren Wangen herunter. Sie kann sie nicht wegwischen. Erschöpft fällt sie in einen unruhigen Halbschlaf. Ihre Gedanken überschlagen sich, als die Erinnerung der Untersuchung wieder gegenwärtig ist. Ihr ist klar, dass nur sie selbst sich retten kann. Die Worte des Arztes lassen keinen klaren Gedanken mehr zu.

Es ist für Franziska unvorstellbar, dieses Kind des Hasses und des Horrors zur Welt zu bringen.

Fassungslos und mit monotoner Stimme murmelt sie immer wieder: »Hat es denn nicht gereicht, dass ich so gedemütigt worden bin?« Herzzerreißend schluchzt sie laut auf. Franziska fühlt sich so hilflos und ausgeschlossen. Niemals im Leben hat sie daran gedacht, schwanger zu werden.

Sie hat sich zwar gewundert, dass ihre Menstruation nach dem Vorfall so unregelmäßig gekommen ist und irgendwann ganz ausgesetzt hat. Franziska hat es damit abgetan, dass es an der Aufregung der letzten Monate gelegen habe. Außerdem ist sie doch viel zu dünn, um ein Kind im Bauch zu tragen. Unaufhörlich kurbeln ihre Gedanken weiter.

Sie wiegt doch gerade mal knapp achtundvierzig Kilo. Sie hofft inständig, dass der Arzt etwas verwechselt haben muss. Sie kann und will auch nicht begreifen, dass sie solch einem Kind das Leben schenken soll. Dem Kind eines Mörders und Vergewaltigers.

Gegenwärtig und mit aller Macht taucht vor ihrem geistigen Auge das hässliche Bild ihrer Mutter auf. Das Schlimmste daran ist, dass sie langsam die Kälte und den Hass ihrer Mutter verstehen kann. War sie selbst vielleicht auch ein Kind der Vergewaltigung? Diesen Gedanken hat Franziska bisher nie in Erwägung gezogen.

Voller Verzweiflung und mit unglaublichem Zorn im Bauch bekniet sie bei jeder Visite die Ärzte, das Kind wegzumachen.

Wieder und wieder wird ihr erklärt, dass es zu spät dafür ist und sie das Kind austragen muss, ob sie will oder nicht!

Nach weiteren zwei Wochen verlässt Franziska die geschlossene Zelle und wird auf eine offene Station verlegt. Besuch ist wieder erlaubt.

Die Beweislast gegen Horst Groß

Mit dem Verfahren wegen Mordes ist zwischenzeitlich der junge Staatsanwalt Peter Claus beauftragt worden. Er ist ein kleiner Mann, höchstens ein Meter achtundsechzig groß, mit leicht rundlichen Schultern, die zu seinem runden geröteten Kopf passen. Seine Augen blitzen wie Schwertklingen, wenn er sich aufregt oder es ihm nicht schnell genug geht. Er ist bekannt dafür, dass er alles, was nicht koscher ist, hinter Gitter bringen will. Sein Vater ist Richter a. D. und er will ihm beweisen, dass auch er Außergewöhnliches zu leisten vermag. An einem Morgen im April wirbelt er ins Amtszimmer der Kripo Bruchsal und rastet schier aus, als er erfahren muss, dass die unterschriebene Aussage von Franziska Schwarz noch immer nicht vorliegt. Der Ermittler Peters erklärt dem Staatsanwalt die Situation. Claus schüttelt nur immer wieder entgeistert seinen Kopf und fragt:

»Na und? Habt ihr die Geburtsurkunde der Zeugin?« – Stille –

Verdattert antwortet Peters, der kurz vor seiner Pensionierung steht und sich schon geistig seinen Altersruhestand ausmalt:

»Öhm, nö, haben wir nicht! Solange die nicht vorliegt, besteht die Gefahr, dass Fräulein Schwarz vor Gericht von der Verteidigung diskreditiert wird!«

Schnell begibt sich Peters nach diesen Worten

Richtung Ausgangstür. Er sieht, wie Claus einen knallroten Kopf bekommt, so als ob dieser jeden Moment zerspringen wird. Prustend und entrüstet stemmt er seine Arme in die Hüfte und sagt mit eisiger Stimme, die keinen Widerspruch duldet: »Morgen früh um acht Uhr treffen wir uns im Johannesstift. Gnade euch Gott, wenn ich Fräulein Schwarz nicht antreffe.«

Schwester Gertruds Besuche in der Klinik

Freudestrahlend kommt Schwester Gertrud zu Besuch und berichtet Franziska über die letzten Geschehnisse, die sich während ihres Aufenthaltes in der Klinik ereignet haben.

Gertrud erzählt ohne Punkt und Komma; sie ist selbst noch so aufgeregt wegen der positiven Ereignisse: »Stell dir vor, Franziska, vor ein paar Tagen ist ein junger Mann, ein Herr Claus von der Staatsanwaltschaft, bei uns im Kloster gewesen und hat dich bitten wollen, doch endlich die gemachte Aussage zu unterschreiben, da sie den Verdächtigen sonst wieder auf freien Fuß setzen müssten. Wütend habe ich Herrn Claus erklärt, dass es nichts nützt, wenn du unterschreibst, weil sich nämlich deine Mutter geweigert hat, dich als Kind anzuerkennen. Verwundert hat Herr Claus nach dieser Geschichte den Kopf geschüttelt und mich gefragt, ob es denn Zeugen gäbe, die dich tatsächlich als das Kind dieser Frau erkennen. Ich habe ihm dann von dem Kinderheim erzählt, in dem du warst, und dass die Heimleiterin bezeugen kann, wer deine Mutter ist. Auch habe ich ihm erzählt, dass deine Mutter Anna vor mir erklärt hat, dass sie dich niemals öffentlich anerkennen wird. Weiter habe ich dem Staatsanwalt erzählt, dass diese Frau, also deine Mutter, wegen Kindesmisshandlung auf Bewährung frei gekommen ist und eine Entziehungskur für Alkoholiker gemacht hat. Daraufhin hat Herr Claus einige Telefonate geführt. Er hat angeordnet, dass die dortige Polizei am Donnerstag um elf Uhr vor Ort sein muss. Er selbst ist dann mit mir um diese Uhrzeit ebenfalls dort angekommen. Herr Claus sowie die Polizei sind sehr erschüttert gewesen, als sie diesen Hof und noch viel schlimmer die Räumlichkeiten deiner Mutter betreten haben.«

Aufgeregt spricht Gertrud weiter: »Das Zimmer, in dem sie offensichtlich haust, ist voller Müll und Dreck. Die Katzen und die zwei alten Hunde sind völlig dürr und verkommen. Offene Wunden von den Flöhen oder Ähnlichem sind deutlich erkennbar. Der Tierschutzbund ist unmittelbar eingeschaltet worden. Mit aller Gewalt musste deine Mutter festgehalten werden, als die Hunde abgeholt worden sind. Wie das letzte Mal, ist diese Frau völlig betrunken umhergetorkelt und hat den Staatsanwalt auf das Böseste beschimpft. Die dortige Polizei hat sie mitgenommen und in eine Zelle zur Ausnüchterung gesteckt. Die Heimleiterin hat einige Tage später auf Anfrage mit vorgelegtem Foto bestätigt, dass sie deine Mutter ist.«

Schwester Gertrud holt tief Luft, als sie zum Schluss ihres Berichtes kommt. Sie nimmt Franziskas Hände in die ihre, als sie ihr aufmunternd zuspricht: »Franziska, gib jetzt nicht auf! Du bekommst in einigen Tagen deine Geburtsurkunde und kannst dein Leben ordnen. Freu dich.«

Franziska guckt durch Gertrud hindurch und fragt sie mit monotoner Stimme:

»Gertrud, hast du denn noch nicht die Neuigkeit gehört, die mich betrifft?«

Tränen der Verzweiflung kullern aus ihren Augen. Schweren Herzens erzählt sie Gertrud, was sich in den letzten Tagen, als sie keinen Besuch empfangen durfte, ereignet hat.

Auch Gertrud ist schockiert, als sie erfährt, welche Last Franziska jetzt noch zusätzlich zu tragen hat.

Gertrud weiß keinen Rat mehr. Sie kann Franziska nur anbieten, ihr zu helfen und beizustehen, wo es ihr möglich ist.

Sie ist tief erschüttert und entrüstet und einfach sprachlos.

Franziska lässt ihrem Kummer freien Lauf und klagt laut vor Verzweiflung: »Was habe ich denn jetzt von meiner Geburtsurkunde, hm? Sag es mir.

Warum bin denn überhaupt auf dieser Welt, die doch nur Kummer und Not bringt? Ich bin doch gerade erst achtzehn Jahre alt. Schau mich doch mal an! Ich sehe aus wie ein Kind aus der Gosse! Soll das so weitergehen? Warum machen die dieses Etwas in meinem Bauch nicht einfach weg? Was soll ich mit einem Kind, ich kann mich doch selbst kaum retten.« Verzweifelt umklammert sie Gertruds Handgelenke und starrt ins Leere.

Die Sprechzeit ist um und Gertrud verabschiedet sich schweren Herzens von Franziska. Sie ist einfach nur erschüttert über so eine negative Entwicklung.

Kaum ist das eine gerichtet worden, bricht auch schon die nächste Katastrophe herein. Traurig, mit gesenktem Kopf, verlässt Schwester Gertrud das Besucherzimmer.

Franziska schreit vor lauter Verzweiflung auf und hämmert mit ihren Fäusten an die Besuchertür, die für sie verschlossen bleibt. Nach diesem Verhalten wird sie von den Pflegern erneut in die gepolsterte Zelle gezerrt. Die Ärzte sind sich einig, dass sie Franziska in diesem Zustand vor sich selbst schützen müssen.

Franziska steht in der Mitte der Zelle und sieht an sich herunter. Vor lauter Aussichtslosigkeit fängt sie erneut an zu schreien. Sie heult sich die Seele aus dem Leib.

Doch es hört sie kein Mensch, denn die Zelle ist

gepolstert und alle verzweifelten lauten Anklagen, prallen unbeantwortet an der Zellenwand ab.

Tag und Nacht grübelt sie, hockend in einer Ecke, wie sie sich und das Etwas in ihrem Bauch umbringen kann. Sie wäscht sich fast jede halbe Stunde. Ihr zierlicher Körper wird Tag für Tag unförmiger, obwohl sie nicht wirklich dick ist.

Der Gedanke, ein Mörderkind im Bauch zu tragen, bringt sie schier um ihren Verstand. Sie kann die Erniedrigung und den Ekel, den sie in ihrem Kopf entwickelt, nicht in Worte fassen.

Immer öfter muss sie an ihre fettleibige Mutter denken und sie verstrickt sich in eine noch größere zwiespältige Gefühlswelt.

Franziska fängt an sich aufzugeben; sie weiß einfach nicht mehr weiter! Es gelingt niemandem, außer Gertrud, ihr Vertrauen zu gewinnen. Keiner findet tröstende Worte, die in Franziskas zerrüttete Seele einzudringen vermögen. Mit leerem starren Blick nimmt sie stumm ihr Umfeld wahr. Ihr ist alles egal!

Die wenigen bisher schönen Stunden ihres Lebens sind vergessen.

In ihren düsteren Gedanken tobt der Teufel in ihrem Leib; Tausende von kleinen und großen rostigen Nägeln durchbohren ihren Körper.

Franziska verweigert die Nahrung

Ihr hübsches und sinnliches Gesicht, ihr gesamter Körper wirkt bedrohlich abgemagert. Unter Aufsicht wird sie gezwungen, kleine Happen zu sich zu nehmen.

Ist sie wieder allein in der Zelle, steckt sie ihren Finger in den Hals und erbricht es.

Franziska kann sich nicht mehr selbst auf den Beinen halten. Die geführten Gespräche mit dem Psychiater helfen nicht. Das Kind in ihrem Bauch und sie selbst sind vom Tod bedroht. Franziska wird ohne ihren Willen mittels Infusionen zwangsernährt. Alle Besuche müssen eingestellt werden.

Schwester Gertrud erfährt, dass Franziska zwangsernährt wird. Mit allen ihr zur Verfügung stehenden Mitteln versucht sie Franziska aus der Klinik zu holen. Sie ist sich sicher, dass Franziska im Johannesstift besser aufgehoben ist.

Die Ärzte jedoch bleiben stur und lassen Franziska mit ihren Ängsten und Gefühlen allein. Nach einigen Wochen hat sie ein vertretbares Normalgewicht erreicht. Innerhalb der Klinik wird sie auf die offene Krankenstation verlegt. Schwester Gertrud wird nicht darüber informiert, obwohl sie darum gebeten hat. Franziska ist bereits im siebten Monat ihrer Schwangerschaft.

Rückblick auf Martha Groß

Martha kann unterdessen kaum noch schlafen, so sehr plagt sie das Gewissen. Das Ausmaß der Qual und Schande, woran sie erhebliche Mitschuld hat, kann sie im vollen Umfang nicht erfassen. Sie will gegenüber Franziska Abbitte tun. Ständig erkundigt sie sich nach deren Wohlbefinden.

Franziska blockt Marthas Besuche; auf ihre Briefe antwortet sie nicht. Des Öfteren erkundigt sich Martha auch im Kloster bei Schwester Gertrud nach Franziska.

Eines Tages schreibt Gertrud an Martha, dass Franziska, das arme Ding, im siebten Monat schwanger ist, aber das Kind auf keinen Fall behalten will. Erschrocken lässt Martha sich in den Sessel fallen, als sie diese Worte liest. Entgeistert spricht sie die Worte, ohne wirklich zu begreifen, was sie bedeuten: »Ich werde Oma, ich werde Oma.«

Immer wieder schüttelt sie den Kopf über das Gelesene und murmelt weiter: »Wie soll ich mich denn jetzt verhalten? Es ist doch auch mein Fleisch und Blut. Ich muss Franziska zur Vernunft bringen.«

Martha schwört, alles in ihrer Macht Stehende zu tun, damit Franziska ihr verzeiht. Ihr tiefstes Ansinnen ist es jedoch, das Kind, welches Franziska in sich trägt und das ihr einziger Enkel sein wird, bei sich aufzunehmen. Niemals darf ihr Enkel bei wildfremden Leuten aufwachsen.

Sie hofft verzweifelt, dass Franziska auf ihr Angebot eingehen wird. Aus diesem Grund besucht sie Franziska regelmäßig, egal, auf welcher Station sie sich gerade aufhält. Immer wieder wird sie in den vielen Wochen von dem Personal der Klinik unverrichteter Dinge weggeschickt.

Für Martha kommt der heiß ersehnte Tag, an dem ihr Besuch bei Franziska zugelassen wird. Erleichtert und hoch motiviert drückt sie die Klinke zum Krankenzimmer herunter.

Martha holt Franziska aus dem Mittagsschlaf.

Freudestrahlend, als ob nie etwas geschehen wäre, ruft Martha: »Franziska, hallo, Franziska, ich bin es, Martha. Komm, lass es mich wiedergutmachen, was dir angetan worden ist. Bitte!«

Franziska hört diese Worte wie durch einen Glasverschlag, ganz dumpf, und wälzt sich unruhig von einer Seite auf die andere und fragt sich: Träume ich? Was will die denn hier? Bin ich schon tot und auf dem Friedhof? Warum ruft sie ständig nach mir?

Franziska wird von der Schwester leicht an ihren Schultern gerüttelt, damit sie aufwacht: »Aufwachen, stehen Sie auf, Sie haben Besuch. Ich habe eine gute Nachricht für Sie! Ihr Kind dürfen Sie außerhalb unserer Klinik auf die Welt bringen; na, wenn das mal kein Grund ist, aufzustehen«, spricht sie lächelnd und schaut Franziska aufmunternd an.

Franziska steckt vorsichtig ihren Kopf unter der Decke hervor. Martha erschrickt zutiefst, als Franziskas Kopf zum Vorschein kommt. So klein und so zerbrechlich liegt sie mit leeren und kalten Augen auf dem weißen Laken.

Martha kann nicht glauben, dass Franziska wirklich Mutter werden soll. Sie wiegt doch schätzungsweise nur noch fünfundvierzig Kilo, und das im siebten Monat der Schwangerschaft! Martha hat den festen Willen, bei Franziska alles wiedergutzumachen. Es tut ihr im Herzen weh, Franziska so zu erleben. Sie verflucht den Tag, an dem sie ihren nichtsnutzigen Sohn wiederaufgenommen hat.

Vorsichtig macht Martha Franziska das Angebot, sie und das Kind aufzunehmen. Martha versichert weiter, auf das Baby aufzupassen, damit Franziska wieder ihrer Arbeit als Näherin nachgehen kann. Nebenbei ergänzt sie, dass Franziska ja nichts gelernt habe und das Kind sowieso nicht alleine versorgen kann. Martha holt nach diesen Worten tief Luft und harrt unruhig der Dinge, die da kommen werden. Stille, ungewöhnliche Stille erfüllt den Raum.

Franziska starrt Martha wie einen bösen Geist, ohne jegliche Gefühlsregung an. Mit einem Satz springt Franziska ohne jegliche Vorwarnung aus ihrem Bett. Sie schubst Martha so stark von sich, dass diese rückwärts gegen eine Stuhlkante knallt, ausrutscht und regungslos liegenbleibt.

Diese Handlung geschieht blitzschnell; eine Reaktion von Martha ist nicht möglich. Keiner, erst recht nicht Martha, hat mit solch einer Attacke gerechnet. Franziska zischt mit eiskalter, beherrschter und hasserfüllter Stimme, ohne nur eine Augenwimper zu heben: »Hoffentlich hast du dir die Wirbel gebrochen, sodass du dich nie mehr bewegen kannst.«

Die Schwester hält Franziska geistesgegenwärtig so fest, dass sie sich nicht mehr wehren kann. Martha steht auf und verlässt schockiert und wortlos das Krankenzimmer. Auf die Frage, ob Martha eine Anzeige wegen Körperverletzung erstatten will, antwortet sie nur mit einem Kopfschütteln.

Sie ist noch so schockiert, dass sie nicht in der Lage ist, Worte zu artikulieren.

Nach diesem schockierenden Vorfall mit Martha will Franziska so schnell wie möglich die Klinik in Hirsau verlassen.

Zurück in die eigene Wohnung

Franziska wird endlich aus der Klinik entlassen und kehrt in ihre kleine Wohnung zurück. Gerne übernimmt Schwester Gertrud die Aufgabe, Franziska weiterhin zu betreuen. Franziska muss sich bis zur Niederkunft einmal wöchentlich beim Amt für Soziales melden. Sie hat keine Hoffnung mehr, das Kind auf natürlichem Weg zu verlieren. Wie eine

Marionette handelt und bewegt sie sich. Sie glaubt sich in einem bösen Spiel, das von Geisterhand geführt wird.

Teilnahmslos lebt sie in den Tag hinein und erwartet mit Ungeduld die Niederkunft des bereits im Mutterleib verhassten Kindes eines Mörders und Vergewaltigers.

Gerichtsverhandlung ihrer Mutter Anna

Franziska ist völlig aufgelöst, als Gertrud ihr ein Schriftstück vor die Nase hält und ihr lachend zuruft: »Was glaubst du, was das wohl ist, meine liebe Franziska?« Sie hält den Brief in der Hand und wedelt damit wie mit einem Fächer.

Jedes Mal, wenn Franziska danach greift, zieht sie ihn schnell lachend weg.

Franziska wird ungeduldig und stampft wie ein kleines trotziges Kind mit dem Fuß auf den Boden.

»Also gut«, antwortet Gertrud auf die Reaktion von Franziska, »hier, lies selbst!«

Langsam faltet Franziska das Blatt Papier mit dem Absender des Amtsgerichtes auseinander und fängt an zu lesen. Ungläubig liest sie immer wieder den gleichen Satz.

Sehr geehrte Frau Schwarz,

hiermit werden Sie als Zeugin in dem Verfahren

Schwarz ./. Schwarz zum 20. April 1976, 11 h, geladen.

In diesem Verfahren soll Ihre Identität festgeschrieben werden.

Hochachtungsvoll

AG Bruchsal, Richterin

Franziska ist sprachlos. Ihr Magen krampft sich zusammen, alleine bei dem Gedanken, ihrer Mutter wieder zu begegnen.

Andererseits freut sie sich einen Wolf, dass es endlich weitergehen soll. Traurig sieht sie wieder an sich herunter und sagt geistesabwesend zu Gertrud: »Wenn das hier in meinem Bauch nicht wäre«, und seufzt in sich hinein.

Gertrud versucht die trübsinnige Stimmung zu verdrängen und klopft Franziska leicht auf die Schulter, als sie antwortet: »Du hast nur noch zehn Tage Zeit bis zu dieser Verhandlung. Nähe dir ein hübsches Kleid. Du kannst das! Zeige allen, dass du deine eigene Persönlichkeit bist. Morgen gehen wir beide und kaufen den Stoff.«

Schnell dreht sie Franziska um ihre eigene Achse, als sie lächelnd weiterspricht: »Na ja, viel Stoff brauchst du ja nicht, trotz deiner Schwangerschaft. Denke immer daran, es geht bei dieser Verhandlung um sehr viel für dich. Alle, die dir wohlgesonnen sind, werden da sein.«

Während des Gespräches gießt Gertrud frischen Kaffee auf und stellt den mitgebrachten Kuchen auf den Tisch. Der Kaffeeduft erfüllt das kleine Wohnzimmer. »Komm, setz dich, Franziska.« Sie deutet mit ihrer Hand auf den Sitz neben sich: »Das ist doch Grund zum Feiern, oder nicht?« Sie lacht ihr fröhlich zu.

Gertrud kommt fast jeden Tag einmal zu Franziska. Nur so kann sie Franziska in ihrem Kummer unterstützen und ihr helfen, wieder das innere Gleichgewicht zu finden.

Franziska fiebert dem Tag der Verhandlung entgegen. Sie schläft kaum noch, weil ihre Gedanken wild durcheinanderpurzeln. Wie werde ich meiner Mutter gegenüber reagieren? Kann ich mich beherrschen? Was ist, wenn dieser Versuch der Wahrheit aus irgendeinem Grund erneut scheitert?

Fragen über Fragen, die sich Franziska nicht beantworten kann.

Zwei Tage vor der Verhandlung kommt Gertrud komplett aufgeregt zu Franziska und nimmt sie ohne Vorwarnung in den Arm. Ihr ist im Moment egal, ob Franziska sich wehrt oder nicht, aber das muss jetzt sein. Anschließend drückt sie Franziska in den Sessel, denn sie hat Angst, dass das, was sie jetzt von ihr erfahren wird, sie umkippen lässt.

Gertrud setzt sich Franziska gegenüber, nimmt ihre rechte Hand und legt sie in ihre, als sie langsam und mit Bedacht die Worte wählt: »Liebe Franziska, wie wirst du reagieren, wenn du erfährst, wer dein Vater oder Erzeuger ist?« –

Erschüttert und ratlos sieht Franziska Gertrud an, als sie antwortet: »Mit so etwas macht man keine Scherze.« Franziska brummt in sich hinein, bevor sie weiterspricht: »Ich weiß nicht; ich weiß es nicht, wie ich reagieren werde! Wo war er denn, als ich ihn so dringend gebraucht habe? Wo? Wieso gerade jetzt in meinem beschissenen Zustand?«

Franziska kann sich nicht mehr beherrschen und schluchzt laut auf. Tränen kullern aus ihren rehbraunen, melancholischen Augen. Vor Erschütterung hält sie ihre Hände vor das Gesicht. »Warum?«, fragt sie erneut und schaut Gertrud mit verweinten Augen an.

Gertrud wartet, bis sich Franziska einigermaßen beruhigt hat, bevor sie zur Erklärung ausholt. Leise spricht sie, wieder Franziskas Hand haltend, weiter: »Verzeih mir, aber ich bin auf die Idee gekommen, das Bild deiner Mutter Anna veröffentlichen zu lassen. Es ist darin gebeten worden, sich zu melden, wer deine Mutter 1957 gekannt bzw. mit ihr zu dieser Zeit zusammengelebt hat. Es ist auch darüber berichtet worden, dass aus dieser Beziehung ein Kind hervorgegangen ist und dieses Kind aufgrund von Identitätsverlust auf seine Aussage angewiesen ist. Gleichzeitig ist auch mitgeteilt worden, dass derjenige nichts zu befürchten hat, da es nur um das Wohl dieses jungen Mädchens gehe. Diese Suchaktion ist vier Wochen lang in den einschlägigen Zeitungen veröffentlicht worden, und wie du siehst, mit Erfolg!« »Oh mein Gott«, schluchzt Franziska erneut, »was mache ich nur? Muss ich jetzt überhaupt noch vor Gericht? Reicht es nicht, wenn der Mann erklärt, dass er meine Mutter kennt?«

Gertrud zuckt mit den Schultern, während sie antwortet: »Ich weiß es nicht, Franziska, aber du hast jetzt so viel überstanden in den letzten Jahren und Monaten, dass du das auch noch überstehen wirst. Glaube ganz fest daran, dass sich dein Leben ins Positive wandeln wird.«

Darauf weiß Franziska keine Antwort.

Gerichtstermin   Schwarz . /. gegen   Schwarz 20. April 1976, 11 h, Gerichtssaal Nr. 10

Franziska sieht trotz der Schwangerschaft in ihrem selbst genähten pastellfarbenen Kostüm allerliebst aus. Ihre dunklen langen Haare umranden ihr schmales Gesicht. Ihre großen braunen Augen sehen scheu ins Leere. Innerlich zerplatzt sie schier vor Angst und innerer Unruhe. Sie hat Kopfschmerzen und fürchterliche Magenschmerzen. Hinzu kommt, dass ihr Baby in ihrem Bauch trampelt, als ob es direkt ans Licht will. Darüber wird sie leicht wütend und drückt mit ihrer Faust in ihren Bauch.

Gertrud bemerkt es und nimmt schnell Franziskas Hand und führt sie sachte von ihrem Bauch weg. Franziska murmelt leise zu Gertrud: »Es ist alles so weit weg und nicht greifbar.«

Auf der anderen Seite des Ganges sitzt ein Mann mittleren Alters, Gertrud schätzt ihn auf etwa vierzig Jahre. Sie registriert, dass dieser Mann immer wieder verstohlen in Franziskas Richtung schaut. Neben dem Mann scheint ein Anwalt zu sitzen, der beruhigend auf ihn einspricht.

Gertrud betrachtet den Mann genauer. Er scheint so um die ein Meter und achtundsiebzig groß zu sein. Seine Hände sehen gepflegt aus und sein dunkler Anzug ist ausgewählt für diesen Auftritt. Er hat volles dunkles Haar und einen Schnäuzer. Die Augenbrauen sind dicht und geschwungen.

Gertrud kann kaum glauben, dass dieser Mann einmal ein Verhältnis mit Anna gehabt haben soll. Innerlich muss sie sich schütteln bei diesem Gedanken. Sie ist wahnsinnig gespannt, wie sich diese Verhandlung entwickeln wird.

Franziska unterrichtet sie nicht von ihren Gedanken, denn diese ist in ihrer eigenen Gedankenwelt gefangen und bekommt ihre Umgebung überhaupt nicht mit.

Sie werden schlagartig aus ihren Gedanken gerissen, als die Tür des Gerichtssaales aufgeht und der Aufruf erfolgt:

»Der Zeuge Herr Franz Keller bitte eintreten.«

Gespannt sehen Franziska und Gertrud in Richtung des Mannes, der sich gerade mit seinem Begleiter von der Bank erhebt und zögernden Schrittes den Gerichtssaal betritt. Leise knackend fällt die Türe vor deren Nase wieder ins Schloss.

Beide hätten jetzt zu gerne gewusst, was sich hinter dieser Tür abspielt. Die Geduld von Franziska und Gertrud wird auf eine harte Probe gestellt. Franziska hat nicht gewusst, dass das Gericht sie nur in den Zeugenstand rufen wird, wenn eine absolute Notwendigkeit besteht.

Das Gericht hofft, dass ihr eine Aussage zu ihrem eigenen Fall erspart bleibt.

Die Staatsanwaltschaft ist angewiesen auf die Aussage der einzigen Zeugin im Mordprozess gegen Horst Groß. Der Mordprozess wird unmittelbar, wenige Tage nach der Identitätsfeststellung Franziskas, stattfinden. Darauf haben sich Staatsanwaltschaft, Anwälte und Kripo geeinigt.

Im Gerichtssaal

Die Personalien von Franz Keller werden notiert. »Ich heiße Franz Keller und bin am 17. März 1931 in Stuttgart geboren und verheiratet. Ich bin von Beruf Malermeister und lebe und arbeite derzeit in Karlsruhe«, erklärt er gegenüber der Richterin Werter.

Richterin Werter ist eine große korpulente Frau mit einer lauten, durchdringenden Stimme. Blonde kurze Haare umranden ihr ernst schauendes Gesicht. Ihre Augen wandern hellwach zu dem Mann, der gerade Rede und Antwort steht.

Die Richterin hasst solche Feststellungsverhandlungen. Sie kann es absolut nicht nachvollziehen, dass Kinder im Stich gelassen werden. Mit kräftiger lauter Stimme spricht sie weiter: »Herr Keller, vorab erst einmal vielen Dank, dass Sie sich freiwillig dem Blutgruppengutachten unterworfen haben. Sie sind auch darüber belehrt worden, dass dieses kein Vaterschaftstest, sondern ein Ausschlussverfahren ist. Das heißt, man kann nur sagen, dass Sie eventuell der Vater sein könnten. Es ist nach diesem Test auf jeden Fall ausgeschlossen, dass Sie es definitiv nicht sein können. Der Bluttest hat zu 98 % mit dem von Frau Franziska Schwaz übereingestimmt.«

Richterin Werter lässt ihr Gesagtes erst einmal sacken, bevor sie mit herrischer Stimme weiter-spricht: »Herr Keller, schauen Sie sich bitte um. Erkennen Sie hier im Saal eine weibliche Person, mit der Sie ein Verhältnis Ende 1956 auf der schwäbischen Alb auf dem Bauernhof Schwarz hatten?«

Während sie diese Frage stellt, zeigen ihre Mund-winkel leicht nach unten. Franz Keller räuspert sich verlegen und wird rot, ohne dass er es verhindern kann. Man sieht ihm an, dass diese Situation äu-ßerst peinlich für ihn ist. Bevor er antwortet, sieht es sich im Saal um und zeigt mit hochrotem Kopf auf Anna Schwarz, die neben ihrem Pflichtvertei-diger auf der Anklagebank sitzt. Laut bestätigt er: »Jawohl, dort sitzt Anna Schwarz.«

Wieder räuspert er sich und sieht ungläubig auf die verwahrloste Frau mit den offenen Latschen und den dreckigen Fußnägeln, die einst seine Ge-liebte gewesen ist.

Im Gerichtssaal herrscht Stille, bevor die Richte-rin wieder das Wort ergreift und lospoltert: »Sind Sie sicher, dass dies Frau Schwarz ist?« Sie spricht mit scharfem Ton weiter: »Wussten Sie auch, dass Frau Schwarz in anderen Umständen gewesen ist, als Sie sie verlassen haben?«

Wieder räuspert sich Franz Keller, knotet dabei nervös seine Hände ineinander und sieht zu Boden, bevor er antwortet: »Ja, das wusste ich, dennoch habe ich nicht bleiben können. Die Frau hat sich während unseres Zusammenseins dermaßen ins Negative gewandelt, dass ich es nicht mehr ausgehalten habe. Es war so, als ob eine zweite Person auf diesem Hof eingezogen ist. Nichts mehr ist von der lieblichen Frau, wie ich sie damals kennengelernt habe, übrig geblieben. Ich konnte nicht anders und selbstverständlich habe ich nicht darüber nachgedacht, dass sie von mir schwanger sein könnte.«

Franz Keller kann sich nicht mehr beherrschen; er muss trocken aufstöhnen. Immer wieder sieht er auf die verwahrloste Frau auf der Bank gegenüber und ihn überkommt unmittelbar das Bedürfnis, sich gründlich waschen zu müssen.

Ohne Vorwarnung springt Anna Schwarz von ihrem Stuhl; dieser fällt mit einem großen Knall nach hinten auf den Boden. Hysterisch schreit sie los: »Du Bastard, du bist an allem schuld, du hast mich und das werdende Kind in Stich gelassen. Du alleine bist schuld.«

Mit forschem Schritt und erhobener Faust stürmt sie auf Franz Keller zu.

Der Gerichtsdiener kann sie gerade noch aufhalten. Schnaufend wie ein Walross wird sie wieder auf ihren Platz zurückgeschoben.

Nachdem wieder Ruhe im Gerichtssaal eingetreten ist, wiederholt Richterin Werter die Worte von Anna Schwarz: »Ist es richtig, Anna Schwarz, geboren am 12. November 1932 in Münsingen, dass Sie, als Herr Franz Keller Sie verlassen hat, mit

172

Franziska Schwarz schwanger gewesen sind und das Kind ausgetragen haben?« Weiter spricht die Richterin: »Bevor Sie antworten, Frau Schwarz, weise ich Sie darauf hin, dass Sie die Wahrheit sagen müssen. Gleichfalls weise ich ausdrücklich darauf hin, dass ich Sie vereidigen lasse. Auf Meineid stehen in Ihrem Fall mindestens zehn Jahre.«

Es wird still im Gerichtssaal.

Anna Schwarz schreit mürrisch, den Blick zu Boden gerichtet: »Ja, dieses Mädchen habe ich am 08. September 1957 geboren!«

Die Richterin lässt nicht locker und fragt weiter: »Und warum haben Sie die Geburt nicht entsprechend gemeldet?«

Schnippisch antwortet Anna zur Entrüstung aller im Gerichtssaal Anwesenden: »Weil ich zu diesem Zeitpunkt noch nicht genau gewusst habe, wie ich sie beseitigen soll. Egal, was ich getan habe, die wollte einfach nicht sterben.«

Die Aussage dieser Frau ist so ungeheuerlich, dass die Richterin sich bei ihren nächsten Worten, die sie sprechen will, beherrschen muss. Sie sieht ihre Beisitzer an und spricht in den Gerichtssaal: »Wir ziehen uns jetzt zur Beratung zurück.«

Fünf Minuten später wird das Urteil verkündet: »Es wird angeordnet, unmittelbar eine Geburtsurkunde für Franziska Schwarz anzufertigen und ihr diese auszuhändigen. Gleichzeitig wird zu Lasten der Sozialbehörden der dazugehörende Personalausweis erstellt.«

Richterin Werter gibt bekannt, dass die Staatsanwaltschaft ein Verfahren gegen Anna Schwarz wegen versuchter Kindestötung eröffnen wird.

Richterin Werter macht eine kurze Pause, bevor sie weiter verkündet: »Herr Franz Keller, Sie werden ohne Folgen aus dem Gerichtssaal entlassen. Hiermit ist die Sitzung geschlossen.«

Alle verlassen den Gerichtssaal.

Franziska und Gertrud sitzen während der Verhandlung wie auf heißen Kohlen. Unruhig rutscht Franziska auf der Bank von einer Seite auf die andere. Sie ahnt Fürchterliches. Lauter bunte Punkte kreisen vor ihren Augen. Als der Letzte den Gerichtssaal verlassen hat, kommt der Gerichtsdiener und bittet Franziska und Gertrud in das Amtszimmer der Richterin.

Völlig aufgelöst folgt Franziska dem Gerichtsdiener. Beide betreten den Raum und die Richterin kommt ihnen freundlich lächelnd entgegen, als sie sagt: »Fräulein Franziska Schwarz, ich darf Ihnen die freudige Mitteilung machen, dass Ihre Mutter zugegeben hat, Sie geboren zu haben. Einzelheiten hierzu möchte ich Ihnen ersparen. Auf jeden Fall bekommen Sie erst einmal einen Behelfsausweis, bis der endgültige Ausweis ausgehändigt wird. Ihre Geburtsurkunde werden Sie auch in den nächsten

Tagen in Händen halten. Innerhalb des Verfahrens hat sich Ihre Mutter dahin gehend geäußert, dass sie versucht hat, Sie als Kind umzubringen. Ich werde den Staatsanwalt anweisen, ein Verfahren gegen Ihre Mutter zu eröffnen. Für die Zukunft wünsche ich Ihnen viel Kraft, die Sie sicherlich noch brauchen werden, denn ich weiß, dass in den nächsten Tagen eine weit größere Verhandlung auf Sie zukommt.«

Freundlich reicht die Richterin Franziska und Gertrud die Hand und verabschiedet sich.

Bevor jedoch Franziska den Raum wieder verlässt, fragt sie verlegen, ob denn wirklich ihr Vater oder Erzeuger, wie man es nennen will, im Gerichtssaal war. Richterin Werter nickt mit dem Kopf zur Bejahung und spricht mit Bedacht: »Fräulein Schwarz, sicherlich wird die Zeit kommen, wo Sie vielleicht das Bedürfnis verspüren, Ihren Erzeuger kennenzulernen. Vorerst möchte ich Ihnen jedoch raten, davon Abstand zu nehmen. Versichern kann ich Ihnen schon jetzt, dass Ihr Erzeuger einen geregelten Lebenswandel hat.«

Franziska schaut die Richterin an und nickt, als Hinweis, dass sie das Gesagte verstanden hat. Sie sieht Gertrud teilnahmslos an, offenbar hat sie noch nicht begriffen, was die Richterin ihr gerade offenbart hat. Gertrud nimmt Franziska stillschweigend an die Hand und führt sie aus dem Gerichtsgebäude.

Draußen angekommen, atmen beide tief durch. Gertrud zwickt Franziska in den Arm, sodass sie aufschreit und verärgert ruft: »Aua, warum machst du das?«

Gertrud lacht herzhaft und quasselt immer wieder: »Hast du verstanden, Franziska Schwarz? Du hast eine Identität. Du wirst angemeldet und bekommst deinen heiß geliebten Ausweis. Ist das denn nichts?«

Langsam realisiert auch Franziska, was geschehen ist. Sie ist so dankbar, dass sie ihrer Mutter nicht gegenübertreten musste und ihre Aussage vor Gericht nicht benötigt worden ist. Ein erster großer Stein fällt ihr vom Herzen.

Zwischen den Gerichtsverhandlungen, die aufeinander folgen, entschließt sich Franziska, die letzten vier Wochen bis zu ihrer Geburt im Johannesstift zu bleiben.

Gertrud hat dafür gesorgt, dass ihr die kleine Kammer zur Verfügung gestellt wird. Freudestrahlend erzählen sie beim Abendessen den anderen Mitbewohnern des Klosters, was für ein ereignisreicher und erfolgreicher Tag für Franziska zu Ende geht.

Vorsichtig wird Franziska auf die nächste, schwierigere Gerichtsverhandlung vorbereitet. Schwester Gertrud hat Angst, dass Franziska diese in ihrem Zustand nicht durchsteht.

Die Verhandlung kann nicht bis nach der Geburt warten. Zumindest muss die Verhandlung eröffnet werden. Die Angst und die Panik haben sie wieder eingeholt. Magenschmerzen sind ihr ständiger Begleiter. Das Kind in ihrem Bauch gibt ihr den Rest. Ständig strampelt es in ihr und tritt ihr in die Rippen. Den Gedanken an die Geburt verdrängt sie. Sie weint sich nachts in den Schlaf. Sie hat panische Angst, ihrem Peiniger wieder gegenüberzustehen. Martha geht ihr ebenfalls nicht aus dem Kopf. Sie gibt einfach nicht auf; mittlerweile hat sie schon einen Schuhkarton mit ungeöffneten Briefen. Immer, wenn sie diese in den Müll wirft, holt Gertrud die Briefe wieder raus und sammelt sie. Sie meint, dass man nie wissen könne, wann solche Briefe mal benötigt werden.

Vier Wochen vor Franziskas Niederkunft wird sie zur Gerichtsverhandlung geladen.

Die Gerichtsverhandlung gegen Horst Groß

Erneut sitzt Franziska vor dem Gerichtssaal und wartet darauf, als Zeugin vernommen zu werden.

Ihr ist übel; sie hat das Gefühl, innerlich zu zerreißen. Gegenwärtig spürt sie die Schmerzen, die Hilflosigkeit und die Erniedrigung, die er ihr angetan hat. Blass sitzt sie mit geballten Fäusten auf der

Bank. Schwester Gertrud hat sie zum Gericht begleitet und wacht mit Adleraugen über sie.

Gertrud beobachtet Franziska von der Seite. Schmal ist sie geworden; ihre Wangenknochen treten stark hervor. Das macht ihr Gesicht noch zarter. In ihrem selbst genähten Hosenanzug ist von einer Schwangerschaft, obwohl sie sich bereits im achten Monat befindet, nichts zu erkennen. Die Haare hat sie streng zu einem Zopf gebunden, sodass ihre makellose Stirn mit den sanften braunen Augen zur Geltung kommt. Auf Anraten ihrer Ärztin hat Franziska leichte Beruhigungstropfen genommen.

Franziska wird darüber aufgeklärt, dass es in diesem Prozess nur um den Mord im damaligen Heim für Wohnungslose geht und nicht um das Verfahren in eigener Sache. Diese wird in einem anderen Prozess verhandelt werden. Der zweite Prozess wegen Vergewaltigung wird später im selben Gerichtssaal verhandelt.

Franziska rutscht unruhig auf der Bank hin und her. Endlich geht die Tür zum Gerichtssaal auf und der Gerichtsdiener ruft ihren Namen. Gertrud geht mit ihr in den Saal und setzt sich in den Zuschauerraum.

Der Saal ist gut besucht; Franziska geht mit erhobenem Kopf, gerader Schulter und festem Schritt auf den Zeugenstuhl zu und setzt sich.

Alle Kraft legt sie in ihre Aussage, in der sie ge-

178

nau erzählt, was damals im Heim für Wohnungslose passiert war.

Es herrscht Totenstille im Saal.

Franziska betrachtet in Windeseile den Richter und versucht ihn einzuschätzen. Richter Wolf ist für gerechte Urteile bekannt. Der Richter ist groß und hat eine sportliche Figur. Franziska schätzt ihn auf vierzig bis fünfzig Jahre. Seine vollen dunklen Haare, die Hakennase und die dicke Hornbrille flößen Respekt ein.

Franziska wird aus ihren Gedanken gerissen, als sie ihren Namen hört. Richter Wolf erklärt, dass sie den Zeugenstuhl verlassen kann.

Sie realisiert die Worte wie aus weiter Ferne. Sie will ihre Beine wegbewegen, doch diese sagen »Nein«.

Egal, wie sehr das Gehirn und der Verstand ihr zuflüstern: »Lauf endlich, lauf, es ist vorbei für dich.«

Wie eine Marionette geht sie zurück zur Zeugenbank und setzt sich.

Sie spürt Marthas Blick auf sich gerichtet.

Die Augen des auf der Anklagebank sitzenden Monsters lassen sie nicht los.

Der Richter fragt Horst Groß, warum er so eine eiskalte Hinrichtung durch das Messer vollzogen hat.

Sein Verteidiger hat ihm angeraten, die Tat zuzugeben, um so auf mildernde Umstände hoffen zu können.

Horst Groß schweift aus und sieht dabei immer wieder seine Mutter an, so als ob er ihr für seine Tat die Schuld geben würde. Er erklärt: »Walter war drei Jahre älter als meine Schwester. Meine Schwester war sechzehn und Walter neunzehn Jahre alt. Ich selbst war erst zehn Jahre alt. Meine Schwester hat ihm damals erzählt, dass sie sich mit ihrer Freundin und einigen anderen aus der Klasse treffen würde. Sie wollte aber um zwanzig Uhr wieder zu Hause sein. Doch sie kam nicht! Erst spät in der Nacht, nach vielem Drängeln meinerseits, hat meine Mutter die Polizei verständigt und ein Suchtrupp ist losgeschickt worden. Alle, die mit meiner Schwester an diesem Abend unterwegs waren, sind vernommen worden. Jeder Einzelne hat behauptet, dass meine Schwester mit diesem Walter gegen zweiundzwanzig Uhr noch am Waldrand gesehen wurde. Meine Schwester ist in den frühen Morgenstunden mit eingeschlagenem Schädel gefunden worden. Dieser Walter ist nach tagelangen Verhören mangels Beweisen freigelassen worden. Seine Eltern haben behauptet, dass Walter fünfzehn Minuten vor zweiundzwanzig Uhr bereits geschlafen habe. Seine Mutter hat behauptet, dass sie jeden Abend nachgesehen hat, ob ihr Sohn zu Hause ist. Ich selber habe ihm dieses Alibi nie abgenommen. Im Gegenteil! Ich habe mir damals geschworen, diesen Bastard zu verfolgen und dingfest zu machen. Meine Mutter hat nie verstanden, warum ich so abgesackt bin. Als ich dann so etwa vierzehn Jahre alt gewesen bin, habe ich mich mit Walter zum Schein angefreundet. Seine Eltern hatten viel Geld und Walter ist vor Langeweile schier umgekommen, wie er immer behauptet hat. Also hat er eine Gang gegründet. Anschließend habe ich ihn einige Jahre aus den Augen verloren. Ich habe meine Ausbildung, die mir meine Mutter besorgt hat, abgebrochen und mich dann in das zwielichtige Milieu begeben. Es hat viele Jahre gedauert, bis ich Walter endlich wiedergefunden habe. An einem Abend hat er im Suff erzählt und damit geprahlt, ein junges Mädchen umgebracht zu haben, obwohl er es eigentlich nicht vorgehabt habe. Er wollte sich nur einen netten Abend mit ihr machen. Sie hat sich jedoch gesträubt und ist mit dem Kopf auf einen Stein geknallt. Sie muss wohl noch gelebt haben, als er gegangen ist, denn sie hat mit dem Arm nach ihm greifen wollen. Er ist schnell weggelaufen. In mir kochten unbändige Wut und Hass. Nach dieser Aussage habe ich auf eine passende Gelegenheit gewartet, diesen Mistkerl unter die Erde zu bringen. Sven, der Trottel, ist die ganzen Jahre mit mir auf der Jagd nach dem Mörder meiner Schwester gewesen.«

Zu seiner Mutter gerichtet sagt er: »Siehst du, Mutter, mein Versprechen habe ich gehalten und meine Schwester hat mir jetzt bestimmt verziehen, dass ich nicht auf sie aufgepasst und beschützt habe.«

Franziska ist über so viel Kaltschnäuzigkeit entsetzt; in ihrem Kopf hallen immer wieder dieselben Worte wider: »Mein Gott, und von solch einem Monster soll ich ein Kind bekommen!«

Innerlich schluchzt sie auf und verlässt mit Gertrud den Gerichtssaal. Das Urteil will sie nicht mehr hören. Mit Grauen spürt sie alles, was ihr passiert ist, noch einmal in Geist und Körper.

Das Urteil

Richter Wolf zieht sich zur Beratung zurück und verkündet anschließend das Urteil: »Lebenslängliche Freiheitsstrafe.«

Horst Groß wird abgeführt. Er lächelt in sich hinein, denn er weiß, dass er bei guter Führung nach fünfzehn Jahren auf Bewährung entlassen werden kann.

Franziska erfährt einige Tage später das Urteil. Freuen kann sie sich darüber nicht.

Die in wenigen Tagen anstehende Verhandlung in eigener Sache wegen Vergewaltigung liegt ihr schwer im Magen. Sie ist nur noch ein Schatten ihrer selbst. Jegliche Energie ist aus ihrem Körper gewichen. Sie will alles hinter sich lassen. Für weitere

Demütigungen hat Franziska einfach keine Kraft mehr.

Sie ist so dankbar, dass sie sich im Laufe ihres Lebens zu einer Kämpfernatur entwickelt hat. Immer wieder gelingt es ihr, sich aufzurappeln. In solchen schwierigen Situationen spricht sie sich immer wieder selbst Mut zu: »Ich kämpfe für mich! Ich kämpfe für ein würdiges Leben!«

Franziska ist froh, dass zeitnah die letzte Verhandlung ansteht. Immer noch hofft sie, durch die Anstrengung und die seelische Belastung ihr Kind zu verlieren. Doch Franziska ist zäh und dieser Wunsch erfüllt sich nicht.

Die Gerichtsverhandlung:
Horst Groß . / . Franziska Schwarz

Franziska holt tief Luft und betritt beherrscht, den Blick geradeaus gerichtet, den Gerichtssaal.

Erneut muss sie diesem Monster und Vergewaltiger begegnen.

Sie ist erleichtert, die resolute Richterin Werter zu sehen. Sie ist unter diesen Umständen glücklich darüber, dass sie die Verhandlung führen wird.

Franziska gibt erneut ihren Namen, ihren Geburtstag und ihren Geburtsort bekannt. Ebenfalls wird notiert, wo sie derzeit wohnhaft ist. Richterin

Werter beginnt behutsam mit der Zeugenbefragung. Franziska krallt sich mit ihren Händen am Zeugenstuhl fest, wenn sie entsprechend auf Fragen antwortet.

Aus Rücksicht auf Franziskas weit fortgeschrittene Schwangerschaft wird die Verhandlung des Öfteren unterbrochen.

Franziskas Blutdruck ist auf über hundertsechzig gestiegen. Sie fühlt sich schlecht und wie ausgespuckt. Das Kind in ihrem Bauch trampelt wie wild und lässt sie ebenfalls nicht zur Ruhe kommen.

Nach mehreren Stunden innerer Qualen und Selbstvorwürfen sowie gefühlten Demütigungen kann sie schließlich den Zeugenstand verlassen.

Franziska bricht stehend zusammen. Im Ruheraum des Amtsgerichtes kommt sie zu sich und besteht darauf, den Gerichtssaal wieder zu betreten. Sie will persönlich das Urteil aus dem Mund der Richterin Werter hören. Leise betritt Franziska mit Schwester Gertrud erneut den Gerichtssaal.

Martha Groß macht ihre Aussage

Gebannt und angespannt sieht Franziska Martha an und hört zu, was sie zu sagen hat. Ihre Finger der rechten Hand krallen sich in Schwester Gertruds Arm. Gertrud muss fast laut aufschreien, doch sie beißt sich auf ihre Lippen und erduldet den

Schmerz. Sie lässt Franziska gewähren.

Martha Groß, Mutter von Horst Groß, macht im Zeugenstand ihre Aussage:

»Als ich meinen Sohn Horst im Gefängnis besucht habe, machte er mir Vorwürfe, dass ich dieses Weibsstück, wie er Franziska genannt hat, im Haus aufgenommen habe. Er selbst hat zur selbigen Zeit, nach dem Mord, bei mir, als seiner Mutter, Unterschlupf gesucht. Ich habe ihn zwar wiederaufgenommen, jedoch musste er, solange Franziska im Hause war, im Keller übernachten. Das hat Horst überhaupt nicht zugesagt, dass Madam, wie er sie in meinem Beisein genannt hat, oben im sonnigen Dachgeschoss die Sau rauslassen darf, während er im Keller versauern muss. Er erzählte mir bei meinem letzten Besuch, wie er mit vollem Genuss und ohne Reue sich genommen hat, was ihm an diesem Tag seiner Meinung nach zugestanden habe.«

Weiter erklärt sie, dass er während seiner Erzählung bemerkt hat, dass sie, als seine Mutter, immer blasser geworden ist. Dies sei offensichtlich eine Genugtuung für ihn gewesen.

»Seinen Hass gegen Franziska hat er weiter aufgebaut. Erst wollte er ihr nur wieder einen über den Schädel hauen, in der Hoffnung, dass sie dann das Haus endgültig verlassen würde. Als er leise zum Dachboden geschlichen sei und durch den Schlitz der nur angelehnten Tür Franziska so anmutig lächelnd und summend vor sich sitzen gesehen habe, habe er plötzlich etwas Warmes um seine Lenden herum verspürt. Es übermannte ihn und wie unter Zwang musste er einfach an diesem Tag seinen aufgestauten Druck ablassen. Er konnte einfach nicht mehr anders, erzählte er mir weiter. Er bereut seine Tat gegenüber Franziska in keiner Weise, denn nach wie vor ist er der Auffassung, dass sie selbst daran Schuld gehabt habe.«

Erschüttert und mit Tränen in den Augen berichtet sie weiter: »Zwischenzeitlich habe ich die Besuche bei meinem Sohn im Gefängnis komplett eingestellt. Ich konnte es nicht mehr ertragen, dass er so herzlos reagiert hat, als er erfahren hat, dass er Vater eines Kindes werden wird. Mit einem höhnischen Grinsen hat er die Nachricht aufgenommen und gesagt: ›Na, dann kann ja mein Kind, falls es ein Sohn wird, vollenden, was mir nicht gelungen ist!‹«

Weiter erklärt sie jetzt unter Tränen, dass sie, Martha, es zutiefst bereut, dass sie Franziska wegen so einem Bastard verraten hat.

Absolute Stille herrscht in dem Raum. Fassungslosigkeit ist in den einzelnen Gesichtern zu sehen.

Martha wird nach diesen letzten Worten aus dem Zeugenstand durch die Richterin Werter entlassen.

Nach Verlassen des Zeugenstandes bleibt Martha vor Franziska stehen und fleht sie mit weinerlicher

Stimme an: »Meinen Sohn Horst habe ich endgültig verloren, jetzt habe ich nur noch dich und das Baby.«

Sie bettelt und beschwört Franziska, ihr doch zu verzeihen. Franziska dreht sich, völlig aufgewühlt von Marthas Aussage, erschrocken zur Seite.

Die Richterin fordert die Betroffenen zur Ruhe auf und zieht sich mit ihren Beisitzern zur Beratung zurück.

Nach Wiederbetreten des Gerichtssaales verkündet sie das Urteil:

»Horst Groß, hiermit verurteile ich Sie zu sieben Jahre Haft ohne Bewährung.«

Es folgt eine umfassende Begründung des Urteils mit anschließender Rechtsmittelbelehrung. Danach wird die Sitzung geschlossen.

Horst Groß wird mit einem Grinsen im Gesicht abgeführt.

Franziska ist erschüttert über so viel Kälte und Hass in seinen Augen. Panische Angst hat sie schon jetzt vor dem Kind, das sie in wenigen Tagen gebären soll!

Diese kurz aufeinanderfolgenden Gerichtsverhandlungen haben Franziska sehr stark zugesetzt. Wie es aussieht, ist die Zeit der Schwangerschaft abgelaufen.

Sie ruft mitten in der Nacht panisch alle Nonnen aus dem Stift zusammen. Sie fleht und schreit, wälzt sich auf dem Boden und hat seit langer Zeit wieder einmal ihren Anfall, der sie von Kindesbeinen an begleitet.

Überstürzt packt Gertrud und Schwester Jenny Franziska unter die Arme, zerren sie in den Wagen und fahren in das nächstgelegene Krankenhaus.

Die Geburt

»Die Zeit ist abgelaufen und ich werde dieses Etwas in mir los«, schreit Franziska fortwährend wieder und wieder. Sie ahnt nicht im Leisesten, was noch auf sie zukommen wird.

Um sich von dem Schmerz abzulenken, richtet sie ihre Gedanken auf die letzten Monate.

Nach wie vor kann und will sie nicht begreifen, warum sie das Kind nicht direkt nach der Geburt abgeben kann. Alle Nonnen des Stiftes und das zuständige Jugendamt haben auf Franziska eingeredet, das Kind zu behalten. Zumindest so lange, bis eine geeignete Pflegefamilie gefunden wird.

Franziska zermartert sich unaufhörlich den Kopf und will und kann keine Entscheidung treffen, was das Kind betrifft.

Nach der Entbindung wird sie wieder in ihre kleine Wohnung zurückgehen. Mithilfe des Jugendamtes ist bereits ein Kinderzimmer eingerichtet worden. Die Behörde sieht kein Problem darin, das neugeborene Kind Franziska zu überlassen. Die

Pflegschaft für das Kind bleibe beim Amt.

Die Menschen, die Franziska in den letzten Monaten begleitet haben, hoffen und wünschen sich, dass sie durch die Geburt des Kindes einer neuen Zukunft entgegengehen wird. Sie glauben, dass sie durch das Baby und die Verantwortung, die daraus erwächst, wieder Fuß fassen wird.

Franziska versucht sich selbst zur Ruhe zu zwingen und will die wirren Buchstaben in ihrem Kopf abschalten. Stunde um Stunde vergeht, bis endlich die Geburt eingeleitet wird. Nach langen extremen Schmerzen und verheerenden Umständen wird endlich eine Zangengeburt eingeleitet.

Eine normale Geburt ist nicht mehr möglich; das Kind hat sich unglücklich gedreht. Das ständige Ziehen im unteren Rücken wird unerträglich. Sie fühlt eine mit Reißzwecken besetzte Hand, die ständig in ihrem Unterleib rumort. Eine innere Zerrissenheit begleitet Franziska, während der gesamten Entbindung.

»Der Albtraum geht weiter!«, schreit sie aus sich heraus und fällt anschließend in eine erlösende, tiefe Ohnmacht.

Franziska hat einen Sohn geboren. Er bekommt den Namen Jakob. Auf Anraten von Schwester Gertrud und wegen der extrem schwierigen Geburt nimmt Franziska das Angebot, mit ihrem Sohn Jakob nach Heidelberg in eine katholische Mutter-Kind-Erholungs- und Krankenstation zu gehen, an.

Aufenthalt in Heidelberg

Es ist eine Einrichtung, in der sich traumatisierte Frauen und Mütter mit ihren Babys zur Erholung einfinden. Ziel ist es, das seelische und körperliche Gleichgewicht dieser Frauen wiederherzustellen.

In dieser Einrichtung soll erreicht werden, dass die Mütter einen persönlichen Zugang zu ihren Kindern finden. Tagsüber werden die Kinder im hauseigenen Kindergarten betreut.

Franziska wird angeboten, ein Haushaltsjahr zu absolvieren und mit einer Prüfung abzuschließen. Sie legt auf solch einen Abschluss keinen großen Wert. Sie will nur nähen!

Franziska wird auf ein geregeltes Leben eingestimmt. In der Einrichtung hat jeder seine Aufgabe. Von Böden schrubben bis zum Kochunterricht und Babypflege. Franziska lebt sich nach relativ kurzer Zeit ein. Regelmäßig schreibt sie ihrer mittlerweile besten Freundin Schwester Gertrud. Einmal im Monat kommt Gertrud und besucht Franziska und ihren Sohn. Sie hofft, Franziska im Auge zu behalten und weiterhin positiven Einfluss auf sie zu nehmen. Nach einigen Monaten gelingt es den Ärzten und Psychologen, Franziska ein Stück ihrer Persönlichkeit zurückzugeben. Dennoch genesen Jakob und sie sehr langsam.

Franziska kann die Vergewaltigung nicht überwinden. Jedes Mal, wenn sie ihren Sohn ansieht, werden die Bilder des abscheulichen Geschehens gegenwärtig. Sie schafft es nicht, zu ihrem Sohn eine liebevolle Beziehung aufbauen.

Ihr Sohn Jakob ist ihr fremd; immer mehr versteht sie ihre verhasste Mutter; diese Gedanken versetzen sie in Angst und Schrecken.

Tagsüber wird Jakob in der Babygruppe betreut. In den Abendstunden bis zum frühen Morgen wird Jakob von Franziska betreut. Widerwillig versucht sie Jakob zu beruhigen, wenn er schreit. Sie muss sich überwinden, ihren Sohn zu berühren. Sie ist froh, nicht stillen zu müssen, ihr seelischer Zustand lässt dies nicht zu.

Franziska kann die Demütigung, die ihr widerfahren ist, nicht verarbeiten. Jeden Tag wiederholt sich in ihrem Geist die Erniedrigung, als wäre es gestern gewesen. Wenn sie Jakob ansieht, stellt sie mit Entsetzen fest, dass das Kind immer mehr die Gesichtszüge ihres Vergewaltigers annimmt. Wein- und Schüttelkrämpfe übermannen sie anschließend.

Wie in ihrer Kindheit wiederholen sich die Berührungsängste und die Angstgefühle, die ihr den Brustkorb zuschnüren.

Diese bösartigen Träume und Gedanken, die in ihrem Kopf schwirren, gibt sie nach außen nicht preis. Nach und nach baut sich ein ungeheuerlicher Druck in ihrem Kopf auf.

Die Schmerzen sind unerträglich, sie glaubt zu

191

spüren, wie ihre Augen aus den Höhlen springen wollen. Nur durch Selbstverletzung lassen diese Schmerzen im Kopf nach. Sie glaubt, dadurch diesen Druck im Kopf abzubauen.

Unter der Bettdecke ritzt sie sich mit einem Messer in den Bauch. Oft auch an anderen Stellen, die von außen nicht sichtbar sind.

Sie hofft mit den Schnittwunden, die sie sich ständig zufügt, den Satan persönlich aus ihrem Körper zu treiben.

Ganz bewusst distanziert sich Franziska von den anderen Insassen. Jede einzelne Frau in diesem Heim hat ihr eigenes Päckchen zu tragen.

Hauptsächlich geht ihr Sabrina, die fast zur gleichen Zeit wie sie in dieser Einrichtung angekommen ist, gewaltig auf die Nerven. Sie war ebenfalls ein Straßenmädchen und bei der Geburt ihres Kindes erst sechzehn Jahre alt geworden. Franziska kann nicht verstehen, warum Sabrina das Kind unbedingt behalten will; sie ist doch selbst noch ein Kind.

Sabrina sieht mit ihren langen roten Haaren, den Sommersprossen und der hellen empfindlichen Haut nett aus. Ihre Augen jedoch sind Franziska unheimlich. Sie hat das Gefühl, dass Sabrina sie ständig beobachtet, wie ein Fuchs seine Beute. Das macht sie mächtig nervös und sie versucht ihr, so gut es geht, aus dem Weg zu gehen.

Sabrina ist klein und kräftig gebaut. Wenn Franziska sie sieht, muss sie immer denken, dass der hübsche Kopf irgendwie nicht zum Körper passt.

Ständig sucht sie das Gespräch und die Nähe zu ihr. Sabrina läuft ihr hinterher wie eine räudige Hündin. Am gemeinsamen Mittagstisch wartet sie, bis Franziska ihren Platz eingenommen hat, erst danach setzt sie sich unmittelbar neben sie. Das ist Franziska unangenehm und sie hat sie diesbezüglich auch schon mehrfach angeschnauzt, dass sie es gefälligst lassen soll. Sabrina ignoriert die Worte von Franziska.

Eines Nachts schleicht sich Sabrina in Franziskas Zimmer. Seit langer Zeit schläft Franziska in dieser Nacht tief und fest. Leise und vorsichtig legt sich Sabrina neben Franziska. Ganz sachte kriecht sie unter deren Decke und streichelt sie am Rücken.

Franziska wacht aus ihrem Tiefschlaf auf und ist schockiert. Urplötzlich und ohne Vorwarnung springt sie auf, läuft um ihr Bett herum und zerrt Sabrina gewaltsam von der Matratze auf den Boden.

Sabrina ist so geschockt, dass sie nicht einmal schreien kann. Franziska schlägt mit den Fäusten auf sie ein und schreit wie von Sinnen: »Wie kannst du es wagen, in mein Bett zu steigen und mich zu berühren? Wer hat dir das erlaubt?«

Wieder und wieder prügelt sie auf die junge Frau ein. Sabrina versucht auf allen vieren die Tür zu erreichen, um dem Wahnsinn, den sie gerade erlebt, zu entkommen.

Es gelingt ihr nicht; sie kann nur noch schluchzend und schützend die Arme vor ihren Körper nehmen.

Franziskas lautstarkes Geschimpfe und die Schreie ihres Sohnes hallen durch die Etage.

Automatisch gehen die Lichter an und die Türen öffnen sich. Ein lautstarkes Gemurmel ist auf dem Gang zu hören. Franziska registriert es nicht! Wie von Sinnen schlägt sie auf Sabrina ein. Mit Gewalt müssen Schwester Johanna und Schwester Silke Franziska zurückziehen.

Blitzschnell steht Sabrina auf und rennt schreiend auf den Gang. Schwester Johanna ist entsetzt und sprachlos. So hat sie Franziska noch nie erlebt. Sabrina wird auf die Krankenstation gebracht. Es werden starke Prellungen und blaue Flecke festgestellt. Sabrina bleibt in dieser Nacht auf der Krankenstation.

Franziska muss den Rest dieser Nacht im Bunker verbringen, der eigens für solchen Vorfälle eingerichtet worden ist.

Am folgenden Tag wird sie von Schwester Johanna zur Rede gestellt. Sie kann es immer noch nicht fassen, dass Franziska so die Beherrschung verlieren konnte. Sie kann es sich nur so erklären, dass alle Wut der letzten Monate und Jahre sich durch die Attacke von Sabrina entladen hat.

Aufgrund dieses Vorfalles muss Franziska eine Woche im Bunker verbringen. Sabrina ist ebenfalls ermahnt worden und muss zur Strafe eine Woche in der ihr verhassten Wäscherei arbeiten.

Seit diesem Vorfall geht Sabrina Franziska aus dem Weg. Sie schafft es, die anderen gegen Franziska aufzuhetzen. Franziska ist ebenfalls immer noch stinksauer auf sie, denn durch diesen Vorfall durfte sie eine ganze Woche nicht an ihre Nähmaschine.

Franziska kann und will mit keiner dieser Frauen etwas zu tun haben. Freundschaften lehnt sie kategorisch ab. Die meisten Frauen sitzen abends im Aufenthaltsraum und spielen gemeinsam Karten oder sonstige Brettspiele.

Franziska mag diese Gesellschaftsspiele nicht. Lieber sitzt sie in ihrem Zimmer und entwirft neue Blusen und Kleider.

Schwester Johanna ist die Einzige, die feststellt, dass Franziska sich extrem isoliert. Sie erkennt, in welcher schlimmen seelischen Lage sich diese junge Frau befindet. Schwester Johanna hat eine frohe Natur. Wenn man sie trifft, hat sie immer ein Lächeln auf den Lippen. Ihre Augen sind wachsam und ihre Ohren hören alles, wie sie von sich selbst behauptet. Schwester Johanna ist groß und schlank.

In ihrer schwarzen Nonnentracht sieht sie noch grö-
ßer aus. Oft sucht sie das Gespräch mit Franziska;
sie gibt ihr Nähaufgaben und versucht sie immer
wieder in die Geschehnisse der Tage einzubinden.
Mit Erschrecken muss sie zusehen, wie Franziska
ihr Kind ignoriert, überhaupt nicht beachtet.

Johanna erkennt schnell, dass sie es nicht alleine
schafft, Franziska aus der Isolation zu holen. Sie
entschließt sich, den Kontakt zu ihrer Nonnen-
schwester Gertrud aufzunehmen. Sie hofft, dass sie
gemeinsam eine Möglichkeit finden, Franziska
aufzurütteln.

Schwester Johanna hilft, wo es nur geht. Sie baut
einen innigen Kontakt zu Franziskas Sohn Jakob
auf. Schwester Johanna versucht Franziska abzulenken und arbeitet darauf hin, dass sie den Beruf
der Schneiderin erlernt.

Ebenfalls steht Johanna im ständigen Kontakt mit
der Jugendbehörde. Sie macht diese wiederholt darauf aufmerksam, dass Franziska noch nicht in der
Lage ist, sich und das Kind selbst zu versorgen!

Martha

Nach ihrer Aussage bei Gericht bricht Marthas Gefühlswelt zusammen. Es tut ihr im Herzen weh,
dass Franziska absolut nichts mehr mit ihr zu tun

haben will. Wegen Franziska hat sie sich vor Gericht gegen ihren Sohn gestellt.

Beständig muss sie daran denken, dass sie einen Enkel hat, den sie nicht sehen darf.

Martha steht im engen Kontakt mit Schwester Johanna und parallel dazu auch mit Franziskas Freundin, Schwester Gertrud. Sie hat sich fest vorgenommen und sich geschworen, ihren Enkel, ihr Fleisch und Blut, den Sohn ihres Sohnes, mit aller Macht zu sich zu holen.

Koste es, was es wolle; nichts wird sie daran hindern. Sie ist sich sicher, dass ihr das mit viel Geduld und dem nötigen Kleingeld gelingen wird. Es braucht nur seine Zeit. Zu den Behörden hat sie schon vor einiger Zeit den Kontakt aufgenommen. Immer wieder wird sie abgewiesen mit dem Hinweis, erst abzuwarten, ob Franziska ohne fremde Hilfe ihr Kind alleine großziehen kann. Auch wird ihr mitgeteilt, dass nach wie vor nach einer geeigneten Pflegestelle für Jakob gesucht wird.

Martha erkennt schnell, dass sie mit den Behörden nicht weiterkommt, und nimmt den Kontakt zu Franziska wieder auf. Franziska lässt Marthas Briefe nach wie vor unberührt. Marthas Besuche in Heidelberg werden geblockt. Trotz des Flehens und Bettelns wird sie nicht vorgelassen. Immer wieder beteuert sie, dass sie doch nur ihren Enkel sehen will. Ständig lässt sie über Schwester Johanna ausrichten, dass Martha schon ein Kinderzimmer eingerichtet habe.

Franziska reagiert weder auf die Aussagen der Schwester Johanna noch auf die ankommenden Briefe, die sie nach wie vor ungeöffnet in einen hierfür vorgesehenen Karton wirft, wo bereits die Briefe aus der Klinik ihren Platz gefunden haben.

Zwei volle Jahre lebt Franziska mit Jakob in Heidelberg. Es scheint, dass Franziska ihr Leben selbst in die Hand nehmen kann. Sie entwirft Kleider, Kostüme und vieles mehr.

Alle bewundern sie um ihr Talent. Darauf ist sie sehr stolz und entwickelt wieder etwas Selbstwertgefühl.

Jakob feiert seinen zweiten Geburtstag und Gertrud darf natürlich nicht fehlen. Liebevoll hat Schwester Johanna einen Kuchen gebacken.

Schwester Gertrud und Johanna nehmen Jakob an die Hand und führen ihn zu seinem Kuchen mit den zwei Kerzen. »Ausblasen, kleiner Jakob«, ruft Johanna fröhlich. Jakob lacht vor Freude und streckt seine Ärmchen in Richtung Franziska aus. Jakob ist aber zu klein, um auf dem großen Tisch die Kerzen des Kuchens auszublasen.

Franziska ignoriert es und tut so, als ob sie die Bitte ihres Sohnes nicht verstanden hat.

Aus einem Reflex heraus nimmt Schwester Gertrud schnell Jakob auf den Arm und ruft fröhlich:

»So, junger Mann, jetzt aber ausblasen und dann ran an den tollen, leckeren Kuchen.«

Jakob klatscht vor Freude in seine Händchen, holt tief Luft, sodass sein Kopf ganz rot wird, und bläst mit Schmackes die Kerzen aus. Johanna und Gertrud klatschen in die Hände. Johanna schneidet den Kuchen an und Jakob sieht seine Mutter an und plappert drauflos.

Einige Tage nach Jakobs Geburtstag erhält Franziska einen Brief der Sozialbehörde, in dem es heißt:

»Sehr geehrte Frau Schwarz, wir freuen uns, Ihnen mitteilen zu können, dass wir Sie als stabilisiert und gesund aus der Mutter-Kind-Einrichtung zurück in Ihre Wohnung nach Bruchsal entlassen können. Bitte haben Sie Verständnis dafür, da Ihr Platz dringend von einer anderen hilfsbedürftigen Person benötigt wird.

Wir wünschen Ihnen weiterhin das Beste. Bitte melden Sie sich, sobald Sie wieder in Bruchsal sind.«

Franziska steht wie angewurzelt da, mit keinem Gedanken hat sie daran gedacht, hier wieder wegzumüssen.

»Was soll ich denn nur mit mir und Jakob machen? Hier habe ich doch alles, was ich brauche«, brummelt sie vor sich hin. Sie schüttelt ungläubig ihren Kopf und kann es nicht fassen!

Franziskas Gedanken überschlagen sich, schlagartig bekommt sie Panikattacken und ihr Brustkorb zieht sich zusammen. Wiederkehrende Worte purzeln in ihrem Gehirn: »Was soll ich mit einem Kind, mit dem ich überhaupt nichts anfangen kann, in meiner Wohnung? Ich weiß von meinem Kind doch nicht mehr als seinen Namen! Oh Gott, ich will nicht weg!«, murmelt sie entsetzt vor sich hin. Franziska merkt nicht, wie Schwester Johanna mit Jakob auf dem Arm ihr Zimmer betritt. Johanna erschrickt, als sie Franziska so kreidebleich, mit dem Brief in der Hand vor sich sieht. Bestürzt fragt sie: »Franziska, was ist los? ist dir eine Laus über die Leber gelaufen?«

Sie erkennt sofort, dass irgendetwas nicht stimmt. Vorsichtig nimmt Johanna Franziska den Brief ab, den sie noch in ihren Fingern hält. Blitzschnell überfliegt sie die Zeilen. Keines Wortes fähig, setzt sie Jakob behutsam auf den Boden. Jakob steht sofort auf und läuft zu Franziska; seine Händchen klammert er um ihre dünnen Beine.

Unwirsch nimmt sie seine Hand wieder weg. Johanna registriert es; wütend sieht sie Franziska an. Doch sie beherrscht sich und nimmt schnell wieder Jakob auf den Arm. Beim Verlassen des Zimmers flüstert sie Franziska zu: »Wir sprechen die Tage miteinander, wie es weitergehen soll.« Franziska nimmt die Worte nicht wirklich wahr und bleibt auf ihrem Stuhl sitzen, unfähig, etwas zu tun.

Draußen ist es bereits dunkel; Franziska steht vom Stuhl auf und begibt sich direkt in ihr Bett. Mechanisch holt sie das kleine spitze Messer unter ihrer Matratze hervor. Ihre Selbstverstümmelung beginnt. Hier einige Schnitte in die Bauchdecke, da Stiche in den Oberschenkel. Vertraut spürt sie die feinen Bluttropfen auf ihrer eingeritzten Haut.

Schwester Johanna hingegen schreibt sofort einen Hilferuf an Gertrud. Sie teilt ihr mit, dass Franziska entlassen wird und sie, Johanna, sich Sorgen um das Kind macht. Weiter schreibt sie, dass die Behörden immer noch keine Pflegestelle für Jakob gefunden haben. Diese sind nach wie vor der Auffassung, dass Franziska ihr Kind selbst versorgen kann. Weiter bittet Johanna Gertrud, zu kommen, damit sie gemeinsam positiv auf Franziska einwirken können.

Den zweiten Brief schreibt Johanna an die Behörde und weist auf den noch viel zu labilen Zustand Franziskas hin.

Die Behörden benötigen den Platz und beharren darauf, dass Franziska entlassen wird. Alle Versuche Johannas, die Behörden umzustimmen, scheitern. Es steht fest; Franziska muss in den nächsten vier Wochen ihr vertrautes, behütetes Heim verlassen.

Seit Franziska bekannt ist, dass sie Heidelberg verlassen muss, schlagen ihre Gedanken Purzelbäume. Seit fast einer Woche grübelt sie, wie sie den Auszug aus Heidelberg abwenden kann.

Düstere Gedanken lassen sie nicht einschlafen, automatisch setzt sie das Messer an ihren Bauch, um sich zu beruhigen. Erst wenn sie das eigene warme Blut auf ihrem Körper spürt, beruhigt sie sich für kurze Zeit.

Ihre Bauchdecke ist von der Selbstverstümmlung, die sie seit fast einer Woche Nacht für Nacht an sich vornimmt, stark angeschwollen. Ihre Unterwäsche klebt seit Tagen an ihrer offenen Haut fest. Sie schafft es kaum noch, abends ihr T-Shirt abzulegen. Die verkrustete Haut muss sie unter Schmerzen von ihrem Shirt lösen. Sie erkennt nicht, dass ihre Bauchdecke bereits entzündet und stark vereitert ist.

Tagsüber sind die Schmerzen so stark, dass sie auf die Zähne beißen muss, um nicht laut aufzuschreien. Jeder Schritt und jede Bewegung werden ihr zur Qual.

Zwei Wochen vor ihrer Entlassung steht Sabrina von dem Mittagstisch auf und stößt ihren Stuhl mit Wucht zurück. Franziska schreit gequält auf, denn die Stuhllehne hat ihren wunden Bauch getroffen. Wutentbrannt will sie auf Sabrina zustürmen; sie ist überzeugt, dass es absichtlich geschehen ist. Doch der Schmerz an ihrer Bauchdecke wird so stark, dass sie stöhnend, die Hände schützend vor ihrem Bauch, in die Hocke geht.

Schnell springt Schwester Johanna auf und schiebt die Frauen, die entsetzt zu Franziska hinuntersehen, zur Seite. Geistesgegenwärtig zieht sie Franziska mit sich und bringt sie unmittelbar zur Krankenstation.

Franziska wehrt sich mit Händen und Füßen. Sie will sich nicht ausziehen; ihr ist klar, dass Schwester Johanna ihre seelische Not erkennen wird. Es gelingt der diensthabenden Ärztin, die auch gleichzeitig die beste Freundin von Schwester Johanna ist, Franziska ruhigzustellen, um sie auszuziehen.

Was dann zum Vorschein kommt, schockiert beide zutiefst. Nur mit Lösungsmittel und Schere gelingt es ihnen, das T-Shirt von ihrer Haut zu lösen. Die Haut ist von feinen Stichen übersät. Dicke Eiterbeulen und Krusten von fast verheilten Wunden kommen zum Vorschein.

Franziska wird mehrere Tage stationär behandelt. Ihr wird ein offenes Gestell über ihre Bauchdecke gelegt, damit die offenen Wunden heilen können. Täglich muss der Eiter, der sich an verschiedenen Stellen ihrer Bauchdecke angesammelt hat, ausgelöffelt werden. Es wird dadurch verhindert, dass sich neuer Eiter bildet. Dicke Narben an der Bauchdecke werden Franziska bleiben.

Am folgenden Tag kommt Schwester Johanna an das Krankenbett. Enttäuscht sieht sie Franziska an, als sie leise zu ihr spricht: »Warum nur, warum hast du das getan? Wieso bist du nicht zu mir gekommen und hast dir helfen lassen? Ist dir klar, dass wir dich unter Umständen wieder in eine Psychiatrie einweisen müssen? Was soll nur aus deinem Sohn werden? Deine Freundin Gertrud habe ich informiert. Auch sie ist von deinem Tun zutiefst erschüttert.«

Johanna schluchzt trocken auf und kann es einfach nicht fassen. Sie war fest davon überzeugt, dass Franziska sich im Griff hat.

Franziska ist über Johannas Worte erschrocken; mit keinem Augenblick hat sie daran gedacht, durch ihr Verhalten zurück nach Hirsau zu müssen. Entsetzt und voller Panik bettelt und fleht sie Schwester Johanna an, diesen Vorfall nicht zu melden. Johanna wartet, bis Franziska sich wieder beruhigt hat. Leise spricht sie weiter: »Wie stellst du dir das vor? Was ist, wenn du deinem Sohn etwas antust? Was denkst du, wie ich dann mein Gewissen beruhigen soll, wenn etwas mit euch beiden passiert? Wie, hm? Heute habe ich mit Gertrud telefoniert. Wir werden gemeinsam beraten, was wir tun werden. Bis jetzt habe ich der Leitung und dem Jugendamt noch keine Meldung über dein Tun weitergegeben. Meine Freundin, die dich behandelt hat, hat es ebenfalls auf mein Bitten hin noch nicht gemeldet. Eine Woche bist du noch hier unter meiner Aufsicht, danach bist du mit deinem Sohn auf dich allein gestellt. Ich kann dir nicht sagen, ob ich und Schwester Gertrud das vom Gewissen her verantworten können. Eine Entscheidung werden wir dir in zwei Tagen, wenn ich mich mit deiner Freundin besprochen habe, mitteilen. So lange musst du auch noch auf der Station bleiben. Im Übrigen hast du nicht ein einziges Mal gefragt, wer deinen Sohn Jakob betreut, während du hier liegst. Auch das gibt mir stark zu denken. Denk bitte über das geführte Gespräch zwischen uns beiden nach. Versprichst du es mir?«

Franziska nickt mit dem Kopf als Zeichen, dass sie es verstanden hat. Es ist ihr mit einem Schlag bewusst, wie recht Johanna hat.

Schwester Johanna verabschiedet sich und lässt Franziska mit ihren quälenden Gedanken allein.

Franziska liegt regungslos in ihrem Bett; in ihrem Kopf purzeln die Buchstaben und Wörter, die sich zu einzelnen Sätzen zusammenfügen. Sie schämt sich so sehr, dass sie andere mit in ihr persönliches Leiden hineinzieht. Sie grübelt unaufhörlich über Johannas Worte nach, die wie Peitschenhiebe auf sie niedergeprasselt sind. Eine tiefe, nicht greifbare Angst schleicht sich in ihre Gedanken. Wie Schuppen fällt es ihr von den Augen, als sie erkennt, dass sie alleine nicht die Kraft besitzt, aus dieser Selbstverstümmelungsnummer rauszukommen. Es kommt einfach über sie, wenn sie sich mies und verraten fühlt. Es bringt ihr doch Erleichterung, wenn sie sich selbst piesackt.

Sie will sich selbst beruhigen und nimmt sich vor, offen mit Schwester Johanna und Gertrud über ihre Selbstverstümmelung zu reden. Nur so sieht sie für sich eine Chance, dem Albtraum ein Ende zu setzen. Sie hat sich fest vorgenommen, nicht mehr nach Hirsau eingewiesen zu werden. Vorher würde sie ihrem Leben endgültig ein Ende setzen.

Die Nacht geht und der Morgen kommt, ohne dass Franziska eine Sekunde ihre Augen zum Schlaf geschlossen hat. Heute wird sie entlassen und Gertrud holt sie von der Krankenstation ab. Stillschweigend nimmt sie Franziska in den Arm und ist keines Wortes fähig.

Schwester Johanna hat zwischenzeitlich den Frühstückstisch in Franziskas Zimmer gedeckt. Frischer Kaffeeduft kommt den beiden entgegen. Dankbar sieht Franziska die Frauen an. Hunger hat sie keinen, den Kaffee jedoch nimmt sie dankend an.

Peinliche Stille herrscht in dem kleinen Zimmer.

Keiner der Frauen findet den richtigen Anfang für das anstehende Gespräch. Franziska ahnt, dass viel von ihrem jetzigem Verhalten abhängt, wie weiter über sie entschieden wird. Tief durchatmend eröffnet sie das Gespräch und sieht Johanna und Gertrud, die ihr am Tisch gegenübersitzen, offen ins

Gesicht, als sie spricht: »Euch möchte ich von Herzen danken, dass ihr immer an mich geglaubt habt und mich unterstützt, wo es euch möglich ist. Ich möchte mich entschuldigen, dass ich euch solch einen Schrecken eingejagt habe. Hoch und heilig verspreche ich euch, sofort, wenn ich wieder in meiner Wohnung bin, ärztliche Hilfe in Anspruch zu nehmen. Auch verspreche ich euch ganz fest, dass ich mich melde und Hilfe schreie, wenn es mir schlecht geht. Bitte habt weiter Vertrauen in mich. Das Messer habe ich bereits entsorgt, damit so etwas nicht wieder passiert. Aber ich bitte Sie, Schwester Johanna, Einfluss auf Ihre Freundin, die Ärztin, zu nehmen. Bitte überzeugen Sie Ihre Freundin, dass ich das nie wieder tun werde. Bitte!«

Franziska atmet tief durch, als sie merkt, dass ihre Stimme anfängt zu zittern.

Erneute Stille – Franziska wartet geduldig auf eine Reaktion der beiden Frauen.

Seufzend steht Schwester Johanna auf, nimmt Franziska in die Arme und streichelt über ihren Kopf. Sie merkt, wie Franziska sich versteift, lässt dennoch nicht los. Sie ahnt nicht, dass Franziska eine wahnsinnige innere Kraft aufbringen muss, um Schwester Johanna nicht wegzustoßen. Instinktiv spürt sie, dass sie es zulassen muss. Sie will die beiden Frauen überzeugen, dass sie wieder die starke Franziska Schwarz ist.

Gertrud räuspert sich, denn diese Situation ist ihr peinlich. Sie weiß, dass Franziska eine unheimliche Energie aufbringen muss, diese Umarmung zuzulassen. Schwester Johanna löst nach einer für Franziska gefühlten Ewigkeit endlich die Umarmung und setzt sich erneut an den Kaffeetisch. Erleichtert über den Verlauf des Gespräches gießt sie sich frischen Kaffee ein und geht plaudernd und ungezwungen auf Franziskas Worte ein.

»Franziska, meine Freundin, die Ärztin, die dich behandelt hat, und ich sind uns einig, dir noch eine Chance zu geben. Wir glauben dir, dass du so etwas nicht mehr tun wirst, wenn du dir täglich deine Narben am Bauch ansiehst. Wir glauben dir, dass du ärztliche Hilfe in Anspruch nehmen wirst, wenn es notwendig wird.«

Gertrud ist dem Gespräch stillschweigend gefolgt und runzelt ab und zu ihre Stirn, so als ob sie gegen Johannas Ausführung Bedenken hat. Sie sieht Franziska forschend an und versucht, in ihre Gedanken einzudringen. Jedoch lässt Franziska dies nicht zu.

Alle sind froh und erleichtert, dass es für Franziska noch einmal ohne weitere Konsequenzen ausgeht. Gertrud verabschiedet sich am Abend von ihr und Schwester Johanna und fährt schweren Herzens zurück ins Kloster nach Bruchsal.

Die restlichen Tage in Heidelberg vergehen wie im Flug. Franziska lenkt sich durch ihre Näharbeiten ab. Sie näht und entwirft neue Kleider, als ob es kein Morgen mehr geben wird. Sie erträgt den Gedanken, von diesem behüteten Ort weggehen zu müssen, mit brachialer Gewalt. Sie weiß, dass sie jetzt keinen Fehler machen darf. Sie bindet sich selbst vor dem Schlafengehen die Hände zusammen, damit sie nicht in Versuchung kommt, sich wieder etwas anzutun. Auch ihr Sohn Jakob ist zumindest im gemeinsamen Zimmer ruhiger geworden. Er scheint zu spüren, dass dieser Abschnitt seines jungen Lebens hier in Heidelberg in Kürze zu Ende gehen wird.

Franziska und Schwester Johanna bereiten alles für ihre Entlassung vor. Teilnahmslos packt sie ihre paar Sachen zusammen.

Franziska kommt mit ihren zwiespältigen Gefühlen nicht mehr klar. Einerseits freut sie sich darauf, ihre eigenen Entscheidungen treffen zu können, andererseits hat sie eine Heidenangst zu versagen. Sie zermartert sich den Kopf, wie sie zukünftig mit ihrem Kind umgehen soll, zu dem sie überhaupt keinen Zugang hat und auch nicht wirklich haben will.

Franziska ist ratlos!

Einen Tag vor ihrer Entlassung kommt überraschenderweise ihre beste Freundin, Schwester Gertrud, zu Besuch.

Franziska freut sich sehr darüber. Gertrud ist erstaunt, wie gut sich Franziska erholt hat. Sie ist hübsch anzusehen in ihrem selbst geschneiderten bunten Rock und der einfarbigen Bluse.

Nichts deutet auf ihre schwere Vergangenheit hin.

Schwester Johanna kocht inzwischen frischen Kaffee und Gertrud zaubert frischen Kuchen aus ihrer Tasche. Locker plaudernd schlürfen sie gemeinsam den duftenden Kaffee und essen mit Genuss den Käsekuchen, den Franziska so sehr mag.

Schlagartig wird es still und Gertrud wechselt das Thema, als sie Franziska anspricht: »Sag mal, wo ist denn eigentlich dein Sohn Jakob? Das süße Kerlchen hat mich noch nicht begrüßt. Holst du ihn bitte, ich möchte ihn so gerne knuddeln.«

Franziska sieht Gertrud entgeistert an und reagiert schnippisch: »Ah, deshalb bist du gekommen, wegen Jakob.« Beleidigt dreht sie sich weg.

Schwester Johanna versucht nach diesem Vorfall das Gespräch wieder in die richtige Bahn zu lenken. Franziska weiß nicht, dass der Besuch von Gertrud geplant ist.

Für Johanna und Gertrud ist dies die letzte Chance, Franziska dazu zu überreden, Martha zu verzeihen. Franziska soll es zumindest versuchen. Für sie und das Kind ist es in der momentanen Situation das Beste.

Ihre Wohnung in Bruchsal kann Franziska trotzdem behalten, um jederzeit von dem Kind und

Martha eine Auszeit zu nehmen. Beide, Johanna und Gertrud, glauben fest daran, dass Martha eine fürsorgliche Oma sein wird. Gertrud hat Martha in ihrem Haus besucht und sich davon überzeugt, dass Jakob wirklich ein eigenes Zimmer bekommt. Martha hat sogar Spielzeug von dem bisschen Rente, die sie hat, gekauft. Gertrud hat seit Marthas Aussage vor Gericht gegen ihren Sohn Respekt vor ihr. Beide, Gertrud und Johanna, stehen in Kontakt zu Martha. Sie sehen es als eine Chance für Franziska, ihr Kind in gute Hände zu geben.

Martha weiß, dass Franziska entlassen wird, und hofft inständig, dass sie mit Jakob zu ihr zurückfinden wird.

Gertrud versucht das Gespräch auf die morgige Entlassung Franziskas zu lenken, als sie fragt: »Wie stellst du dir denn deine weitere Zukunft mit Jakob vor?«

Franziska zuckt mit den Schultern und antwortet widerwillig: »Ich weiß es nicht! Auf jeden Fall erst einmal zurück in meine kleine Wohnung. Dann werde ich beim Jugendamt vorsprechen und nachfragen, was sich in Bezug auf Jakobs Adoption ergeben hat.«

Erstaunt und wütend zugleich antwortet Gertrud: »Willst du dein Kind, das du unter Schmerzen geboren hast, einfach so in fremde Hände geben? Willst du, dass es dasselbe Schicksal erleidet wie du?«

Gertrud redet sich in Rage und kann sich in ihrem Wortschwall einfach nicht mehr bremsen. Sie holt tief Luft, bevor sie weiterspricht: »Franziska, um Gottes Willen, tue es deinem Kind nicht an. Du hast doch ein wunderbares Angebot von seiner Oma Martha bekommen. Nimm es an! Johanna und ich sind überzeugt davon, dass es Jakob und dir bei Martha gut gehen wird. Dort kannst du endlich deinen heiß geliebten Beruf der Schneiderin erlernen. Dafür hast du doch die ganzen Jahre gekämpft. Jetzt willst du alles wieder aufgeben? Bitte denk darüber nach. Johanna und ich wissen, dass wir dir keine Vorschriften mehr machen können, aber wir haben dich in allen Schwierigkeiten begleitet. Gib es nicht auf. Wir versprechen dir, dass wir immer für dich da sein werden, wenn du uns brauchst.«

Total aufgewühlt über ihren eigenen Wortschwall lehnt sie sich in ihrem Stuhl zurück und verschränkt ihre Arme zur Unterstützung ihrer Worte.

Franziska hat Gertruds Rede nicht ein einziges Mal unterbrochen. Es hat auch keiner von beiden mitbekommen, dass Schwester Johanna den Raum verlassen hat. Verärgert will Franziska nachfragen, wo Johanna plötzlich abgeblieben ist.

Genau in diesem Moment kommt diese singend mit dem kleinen Jakob auf dem Arm zurück in die gute Stube. Jakob streckt sofort seine dicken Ärmchen nach seiner Mutter aus.

Franziska ignoriert es und dreht sich weg. Die

Vergewaltigung sitzt immer noch zu tief und sie kann sich einfach nicht überwinden. Tag für Tag plagt sie ihr Gewissen, dass sie es nicht über sich bringt, Jakob auf den Arm nehmen.

Gertrud will die peinliche Situation überspielen und streckt die Arme nach dem kleinen Jakob aus.

Lachend, mit seinen blauen Kulleraugen, streckt Jakob Gertrud seine Ärmchen entgegen.

Sie betrachtet den kleinen Kerl und sagt lachend: »Das ist ein hübsches und freundliches Kind. Schau mal, es hat deinen Mund, deine Augenform und deine hübsche Nase. Kannst du diesen Augen böse sein, Franziska? Um Gottes Willen, Franziska, Jakob kann doch nichts dafür, dass sein Vater ein Mörder und Vergewaltiger ist! Der kleine Kerl hat es sich doch nicht rausgesucht. Er ist auch nicht gefragt worden, wen er als Vater oder Mutter haben will. Bist du nicht sehr ungerecht gegenüber deinem Sohn?«

Gertrud setzt den kleinen Mann auf den Boden. Jakob hopst und lacht. Er sieht allerliebst aus mit seinen dicken Beinchen und Ärmchen und den wenigen Sommersprossen rund um seine Nase. Seine runden Kulleraugen und sein pausbackiges, leicht gerötetes Gesicht strahlen in die Runde. Schnell schnappt sich der kleine Kerl ein Stück Kuchen und setzt sich wieder auf den Boden. Jakob quiekt verschmitzt über diesen Streich und beißt herzhaft mit seinem kleinen Mund in den für ihn übergroßen

Kuchen.

Franziska kann die ganze Nacht nicht einschlafen. Immer wieder fragt sie sich ob, egal welchen Weg sie einschlagen wird, dieser Weg der richtige ist.

In dieser Nacht stellt sich Franziska sehr oft die Frage: Wird mit Verlassen dieser Einrichtung der Albtraum zu Ende sein? Was für einen Charakter wird Jakob, ihr Fleisch und Blut, haben? Wird er ein Verbrecher wie sein Vater? Oder muss er genauso viel erleiden, wie sie selbst erlitten hat?

Ihre Gedanken überschlagen sich und ans Einschlafen ist nicht zu denken. Sie steigt aus ihrem Bett und holt Marthas Briefe, die Schwester Gertrud und Johanna für sie aufgehoben und ihr heute demonstrativ in ihr Zimmer gestellt haben, aus dem Karton. Sie liest die ganze Nacht bis zum Morgengrauen. In ihren Gedanken versunken geht sie unter die Dusche und duscht sich kalt ab. Sie hofft, so die geschriebenen Worte Marthas aus dem Kopf zu bekommen.

Franziska bleibt unruhig und ratlos. Ihr Inneres ist völlig aufgewühlt. Sie will und kann keine Entscheidung treffen.

Am kommenden Morgen sind die paar Habseligkeiten von Franziska und dem kleinen Jakob bereits in der Empfangshalle abgestellt. Franziska kann sich gegenüber Schwester Johanna und ihrer besten Freundin Gertrud noch nicht äußern, welchen Weg

214

sie einschlagen wird. Sie weiß es selbst nicht! Sie ist nach wie vor unentschlossen!

Franziska wird von der Heimleiterin das angesparte Geld ausgehändigt. Verzweifelt und in sich gekehrt verabschiedet sie sich von dem Personal, das sie in den letzten zwei Jahren begleitet hat. Kleine Abschiedsgeschenke nimmt Franziska emotionslos entgegen. Ab und zu versucht sie ein Lächeln auf ihre Lippen zu zaubern.

Stillschweigend nehmen Schwester Johanna und Schwester Gertrud, die in Heidelberg übernachtet hat, Franziska und Jakob in ihre Arme und wollen sie nicht mehr loslassen.

Keiner ist eines Wortes fähig!

Tränen kullern Johanna und Gertrud über das Gesicht!

Franziska löst sich von Johanna und Gertrud und geht, ohne sich noch einmal umzudrehen, aus dem Raum. Jakob hält sich an der Jacke fest und läuft Franziska hinterher. Leise schließt sich die Tür hinter ihnen beiden.

Franziska ist nicht fähig, sich noch einmal zu Johanna und Gertrud umzusehen.

Jakob trottet mit seinem kleinen Spielköfferchen, das Schwester Johanna ihm geschenkt hat, Franziska hinterher.

Plötzlich fängt Jakob an zu weinen, dreht sich um und will wieder zu Schwester Johanna laufen.

Franziska registriert es. Sie nimmt Jakob still-schweigend an die Hand und zieht ihn mit sich fort. Gemeinsam erreichen sie die Bushaltestelle. Interessiert studiert Franziska den Fahrplan. Sie schaut auf ihre Uhr und wartet auf den nächsten Bus.

Johanna und Gertrud stehen am Fenster im ersten Stock. Beide hoffen inständig und beten, dass Franziska den richtigen Bus in ihre Zukunft nehmen wird.

Margarete van Marvik

Manche Engel
sterben früh

Roman

Zwei Schwestern zwei Schicksale

Manche Engel sterben früh

Fünfzehnter August 1964

Ruth spürt die Kälte, die ihre Muskeln lähmen, nicht. Jegliches Leben ist aus ihren Adern gewichen. Sie fühlt nicht die Nässe in ihrer Kleidung, die den gesamten Körper erzittern lässt. Sie schaut ins Leere – in ein tiefes schwarzes Loch.

Ihr Gesicht ist geschwollen von den vielen Tränen der Ratlosigkeit. Das Tagebuch ihrer kleinen Schwester hält sie, eingewickelt in eine Plastiktüte, so fest in ihrer Hand, dass die Knöchel an ihren Fingern weiß hervortreten. Sie fühlt sich ausgebrannt und murmelt immerzu: „Hätte ich die Tragödie wirklich verhindern können? Bin ich alleine schuld an ihrem Tod?"

Erneut wird sie von einem Weinkrampf geschüttelt. Sie fühlt sich schuldig, schuldig am Tod ihrer kleinen Schwester.

Die vorbeilaufenden Menschen sehen mitleidvoll auf die junge zierliche rothaarige Frau mit dem Pagenkopf.

Ruth sitzt zusammengesackt auf einer Bank, unmittelbar an dem Tor zum Friedhofsgelände. Fröstelnd presst sie ihre Arme, die Plastiktüte fest in der rechten Hand haltend, an ihren Körper.

Die verwischte Schminke läuft in schwarzer und hellblauer Farbe von ihren Wimpern an ihren Wangen herunter. Geistesabwesend wischt sie die verlaufene Farbe mit dem linken nassen Ärmel ihrer hellen leichten Jacke aus dem Gesicht. Die tröstenden Worte einer fremden Frau, die neben ihr stehen geblieben ist, hört sie nicht. Alles um sie herum wirkt beklagenswert und öde. Selbst der Himmel mit seinen tief hängenden Wolken scheint in diesem Moment ihrer Trauer und ihrer Hilflosigkeit zuzustimmen.

Nichts, aber auch gar nichts spürt sie von dem warmen Sommerregen am fünfzehnten August 1964, ihrem Lieblingsmonat.

Ruth ist abgetaucht in die Vergangenheit, in einen Abschnitt ihres jungen Lebens, den sie so gerne hinter sich gelassen hätte. Mit brachialer Gewalt, wie ein Bumerang, kommt ihre Kindheit zu ihr zurück. Der warme Sommerregen, der unaufhaltsam an ihrer leichten Sommerjacke herunterprasselt, stört sie nicht. In Gedanken reist sie zurück in ihre Kindheit.

Rückblick

Ruth ist am achtzehnten Juli 1943 in Heidelberg geboren und es sind nur noch zehn Tage bis zu ihrem siebten Geburtstag. Ihren richtigen Vater kennt sie nicht; er ist vor ihrer Geburt im Krieg gefallen.

Ihren Stiefvater himmelt sie an, denn er ist groß, blond und stark.

Der 8. Juli 1950 ist ein wundervoller warmer Sommertag. Ruth freut sich auf diesen Nachmittag, denn sie wird mit ihrem Papa ins Schwimmbad gehen. Seit vier Wochen streicht sie jeden Abend auf ihrem eigens hierfür gebastelten Kalender einen Tag ab.

Den heutigen und letzten Tag des Wartens hat sie mit einem ganz dicken schwarzen Stift durchgestrichen. Ihre Badesachen sind schon seit Tagen gepackt, sodass sie die Tasche nur noch greifen muss.

Ruth ist ein aufgewecktes und fröhliches Mädchen. Ihre roten, leicht welligen Haare, die sie schulterlang trägt, lassen sie wie einen kleinen Engel erscheinen. Aus ihren grünen Augen sprüht der pure Schabernack.

An diesem Tag stürmt Ruth in die Wohnküche; sie will direkt in Papas Arme fliegen, da … Jäh bleibt sie an der Türschwelle stehen, als sie erkennt, dass er nicht wie sonst in der Küche steht, wenn sie sich etwas vorgenommen haben.

Eine beklemmende Stille breitet sich im Raum aus. Zum ersten Mal hört sie das laute Ticken der uralten Küchenuhr, die sie überhaupt nicht leiden mag. Zutiefst enttäuscht, dass sie ihrem Dad nicht in die Arme fliegen kann, sieht sie sich wütend um und spricht trotzig mit sich selbst: „Er ist nicht da!" Anklagend zieht sie ihre Schultern nach oben und lässt sie mit einem Ruck wieder nach unten fallen. Ihre gute Laune ist dahin und zornig ruft sie: „Dad, wo bist du? Sag doch etwas! Hast du vergessen, dass wir heute schwimmen gehen wollen?" Demonstrativ steht sie in der Küche und wartet mit verschränkten Armen auf eine Antwort.

Doch nicht ihr Dad antwortet – nein – ein Babygeschrei aus dem angrenzenden Schlafzimmer dringt unüberhörbar zur Küche herüber.

Kritisch sieht sie sich um und hält die Luft an. *Habe ich richtig gehört?,* denkt sie verstört. Skeptisch legt sie den Kopf zur Seite und geht, einen Fuß vor den anderen setzend, in Richtung Schlafzimmer. Die Tür ist nur angelehnt; leise tastet sie sich näher heran und schiebt die Tür einen Spalt auf. Was sie sieht, raubt ihr den Atem!

Mit aufgerissenen Augen und offenem Mund geht sie, mechanisch von einer unsichtbaren Hand gezogen, auf das Bett ihrer Mutter zu. In diesem Augenblick versteht und registriert sie in ihrem kleinen Kopf, wer ihren schönen Sommertag im Schwimmbad mit ihrem Dad zerstört hat.

Es ist das Baby im Arm ihres Vaters!

Wie vom Blitz getroffen starrt sie auf dieses schreiende Etwas in Papas Armen. Immer noch geschockt fragt sie ihren Vater stotternd: „W-wann gehen wir ins Schwimmbad? D-du hast doch versprochen, heute mit mir schwimmen zu gehen!" Ihr Dad hört ihre Frage jedoch gar nicht, er ist völlig hin und weg vom Anblick seines Kindes.

Stattdessen ruft die Mutter ihr zu: „Sieh mal, das ist deine kleine Schwester; willst du sie nicht auf unserer Welt willkommen heißen?" *Willkommen heißen?!* Widerwillig bewegt sich Ruth einen Schritt vorwärts zum Bett ihrer Mutter und muss zusehen, wie ihr Dad mit verklärtem Blick das Baby umschlungen hält. Verständnislos wandert ihr Blick zu ihrer Mutter, dann zu ihrem Vater und zuletzt zu dem Baby. Ruth fühlt sich restlos verraten von ihrem Dad, der wegen eines Babys die gemeinsame Verabredung hat platzen lassen.

Und was soll an diesem hässlichen Etwas mit knallrotem Kopf gefälligst schön sein?, geht es ihr durch den Kopf. Außerdem sind da, wo die Augen sein sollen, nur eitrige Schlitze zu sehen. Und sabbern tut die auch noch – igittigitt!

Völlig aufgebracht, dass man ihr einfach so eine Schwester präsentiert, verschränkt sie trotzig die Arme. Um ihrer Empörung Nachdruck zu verleihen, stampft sie mit ihren kleinen Füßen mit aller Kraft auf den Boden.

Die Gedanken in Ruths kleinem Gehirn wirbeln wild durcheinander. *Ich will doch gar keine Schwester; ich bin glücklich so, wie es ist, und das soll sich auch nicht ändern!*

Mit gewaltiger Wucht wird ihr plötzlich klar, dass der kleine Störenfried ihr Leben verändern wird. Verzweifelt schreit sie: „Was ist auf einmal los mit euch, warum habt ihr mir nichts davon gesagt? Was habe ich falsch gemacht? Ihr wollt mich nicht mehr, deshalb habt ihr euch noch ein Baby gemacht, gebt es zu! Wir haben bisher doch so viel Spaß gehabt, auch ohne das Baby! Was habe ich euch denn getan?"

Ruth schluchzt vor innerer Zerrissenheit laut auf. Sie versteht ihre Eltern nicht mehr und glaubt mit einem Mal zu wissen, dass sie nicht mehr der Liebling ihres Vaters sein wird.

Sichtlich beherrscht zischt ihre Mama, die nun ebenfalls zornig geworden ist und offensichtlich kein Verständnis für Ruths seelischen Ausbruch hat, zurück: „Das verstehst du nicht Ruth, dafür bist du noch viel zu klein. Christin ist jetzt deine kleine Schwester. – Basta! – Keine Widerrede mehr, geh auf dein Zimmer."

Vor lauter Zorn und Hilflosigkeit rennt Ruth weinend aus dem Schlafzimmer. Chaotische Gedanken schlagen in ihrem winzigen Kopf Purzelbäume und sie fragt sich immerzu: *Was habe ich falsch gemacht? Warum wollen die plötzlich ein anderes Baby haben? Bin ich nicht mehr hübsch genug? Genüge ich ihnen nicht mehr zum Liebhaben? Warum haben sie mir nicht gesagt, dass Mama ein Baby im Bauch hat?*

ISBN 978-3-7418-3409-7

www.van-marvik.de